Karine Reysset est née en 1974. Elle a grandi entre Arras, Rouen et la banlieue parisienne. Après dix ans passés à Paris, elle s'installe à Saint-Malo. En 2003, elle publie son premier roman, *L'Inattendue*. Suivront *En douce* en 2004, et *À ta place* en 2006.

DU MÊME AUTEUR

L'Inattendue
Éditions du Rouergue, 2003

En douce
Éditions du Rouergue, 2004
et « Pocket », n° 12442

À ta place
Éditions de l'Olivier, 2006
et « Points », n° P1718

LIVRES POUR LA JEUNESSE

Mon nouveau frère
L'École des loisirs, 2004

À quoi tu penses ?
L'École des loisirs, 2004

Pattes de mouche
L'École des loisirs, 2004

Je ne suis pas une fille facile
L'École des loisirs, 2005

La Famille de mon frère
L'École des loisirs, 2005

À peine un peu de bruit
L'École des loisirs, 2006

Sors de ta chambre !
L'École des loisirs, 2007

C'est quoi, ce cirque ?
L'École des loisirs, 2007

Karine Reysset

COMME UNE MÈRE

ROMAN

Éditions de l'Olivier

TEXTE INTÉGRAL

ISBN 978-2-7578-1310-2
(ISBN 978-2-87929-605-0, 1re publication)

À Loïc, toujours
À celui qui n'est pas venu

Et pour Olivier, bien sûr

I

On m'a installée dans une pièce avec plusieurs lits. Par les fenêtres donnant sur le parc, on entend les oiseaux, les conversations des promeneurs et le ronronnement des voitures. À ma droite, deux jeunes – indiens ou pakistanais – chuchotent dans leur langue. À ma gauche, une femme avec une chemise de nuit longue en satin violine et un châle couleur chair en mohair. Elle est maquillée, et ses longs cheveux noirs brillent. On dirait qu'elle s'est égarée, qu'elle s'apprêtait à marcher sur un tapis rouge à Cannes ou ailleurs et qu'elle a atterri là par erreur. Elle paraît heureuse, et pourtant son beau visage grimace sous la douleur par intermittence. Elle est seule. Comme moi. Elle me sourit de toutes ses fossettes avant qu'on ne tire le rideau en plastique entre nous. Je trouve ça vraiment gênant qu'on soit les uns à côté des autres.

Il y a deux jours, j'ai débarqué ici comme une fleur. On m'avait dit le 8, et on était le 8. Ça ne marche pas comme ça, je suis naïve. Je ne savais pas, je n'ai pas suivi leur préparation à la noix. Non, je n'avais pas de contractions, ni perdu les eaux, rien de tout cela. La fille de l'accueil m'a regardée avec des yeux bovins, avant de me lancer un très méprisant : « Vous êtes inscrite au moins ? » Puis elle m'a demandé mon nom. Je lui ai répondu que je ne pouvais pas le lui donner, que c'était confidentiel. Elle voulait savoir si c'était une caméra cachée. Je l'aurais giflée. Je lui ai suggéré de demander à Mme Blanchot, ça la ferait sans doute rire elle aussi.

Mme Blanchot, c'est la femme qui me suit depuis le début. Elle assure l'interface entre l'hôpital et la famille d'accueil en attendant l'adoption. Elle ne m'a pas jugée, elle m'a juste demandé de bien réfléchir. Elle m'a prévenue que c'était irréversible ou presque. Il y a une sorte de délai de réflexion. Comme pour la vente par correspondance, on a le droit de changer d'avis, de se rétracter. Pendant sept jours je crois, ou un mois ou deux, je ne m'en souviens plus. C'est tout réfléchi, j'y ai déjà trop pensé, jusqu'à en devenir folle.

On m'a laissée patienter un long moment. J'aurais eu le temps d'accoucher sur la banquette de la salle d'attente. Le médecin m'a expliqué sèchement qu'un enfant ne naît pas sur commande, mais quand il est prêt, et que l'accouchement n'est provoqué qu'au bout de quatre jours après le terme prévu. Ce n'est en aucun cas une question de convenance personnelle. J'ai dit que ça n'allait pas être possible, que ma formation commençait dans dix jours, que c'était la chance de ma vie, je ne pouvais pas me permettre de la rater. Il s'est radouci, m'a conseillé de revenir dans deux jours voir si on pourrait faire quelque chose pour moi.

Ces dernières quarante-huit heures ont été une torture, plus longues que les neuf mois qui viennent de s'écouler. J'étais vraiment préparée, comme programmée, pour que ça se passe le 8, et depuis, je le sens bien, ma carapace se fissure, mon cœur est à nu, un fruit épluché, je suis plus vulnérable que jamais.

Je pose mes mains sur mon ventre pour calmer la petite, ça va perturber leur machine si elle est agitée. Dans l'ensemble, nous avons fait bon ménage, elle et moi. Elle ne m'a pas embêtée. Je suis sûre qu'elle sera facile à vivre. Ça sera un atout pour elle.

– Le bébé va bien, me dit la sage-femme en contrôlant le monitoring.

Elle m'applique une sorte de gel très froid. Elle me prévient que ça va être douloureux, enfin « pas très agréable ».

Ce matin, le médecin a eu pitié de moi, il m'a dit qu'ils allaient déclencher l'accouchement. Il m'a demandé où étaient mes affaires. Je me suis mise à paniquer, je pensais que pour le bébé l'hôpital s'occupait de tout. Il parlait de moi. J'ai vraiment eu l'air bête, une fois de plus. Je les accumule, on dirait que je le fais exprès. Il m'a demandé si j'avais eu la liste. Et comme je secouais la tête, il m'a tendu en soupirant deux feuilles que j'ai parcourues d'un œil rapide. Qu'est-ce qu'il croyait ? Avec quoi j'allais payer tout ça ? J'étais au bord d'imploser. On en revient toujours là, l'argent c'est le nerf de la guerre. Il m'a conseillé de m'arranger avec le foyer, ils avaient un budget pour ce genre de choses.

J'ai appelé Florence, mon éducatrice préférée, et on s'est retrouvées au Monoprix rue d'Alésia. On a mis dans le panier deux tee-shirts géants en guise de chemises de nuit et un tas d'autres trucs. C'était jour de fête. Elle m'avait rapporté ma trousse de toilette et mes tongs. Je n'y aurais pas pensé. Je n'arrive pas à réfléchir, j'ai le cerveau qui grésille. En nous dirigeant vers les caisses, nous sommes passées par le rayon bébés. Depuis que je suis enceinte, je l'ai toujours évité, j'ai fermé les yeux, comme si je m'étais posé des œillères, sur tout ce qui touchait de près ou de loin à la maternité, je me suis tenue à distance des jardins publics et des écoles. C'est facile dans cette ville, les enfants sont invisibles, et les nourrissons encore plus. De toute façon, je suis très peu sortie ces derniers mois, je suis restée recluse dans ma tanière, attendant que ça se passe. Pour tuer le temps, j'ai beaucoup lu. J'allais à la bibliothèque tous les jours. Je lisais à haute voix pour m'exercer, chasser mon accent terrible. Et puis je pensais que c'était peut-être bon pour le cerveau du bébé, je ne voulais pas en faire un idiot. J'ai toujours été attirée par les romans-fleuves. *Autant en emporte le vent*, *La Bicyclette bleue*, *L'Amour en héritage*, ceux-là je les relis chaque année depuis que j'ai treize ans. Enfant, j'adorais les bouquins. Ils me permettaient de m'évader de l'appartement pourri où nous nous entassions à sept. Des livres de la collection « Rouge et Or » que j'avais récupérés à la mort de ma grand-tante. Il y avait, je me souviens, *Gulla fille de la colline*, *Églantine des chemins*, *Treize à la douzaine*, *Les Quatre Filles du docteur March*, *Fran-*

çois le bossu. Récemment, je me suis lancée dans *Harry Potter* et *Les Désastreuses Aventures des orphelins Baudelaire*, de quoi me tenir en haleine, m'occuper pendant des semaines. Tout sauf la presse féminine. C'est un monde parallèle, un monde qui n'est pas pour moi. Mes rêves sont simples. Il y a encore peu de temps, c'était une bonne douche, un repas chaud. Un endroit pour dormir à l'abri du froid et des emmerdements.

Dans ce rayon bébés, au Monoprix, je n'ai pas pu m'empêcher de regarder les hochets, les doudous en tissu, les girafes en caoutchouc, les tétines en caoutchouc ou en silicone plus ou moins ergonomiques. De passer le doigt sur les brassières en laine, les chemisettes en coton. Je suis restée en arrêt devant un pyjama adorable. Jaune pâle avec des rayures vertes très fines et des boutons en forme de grenouille. Tout petit. Et un bonnet rose et vert avec un pompon. J'ai demandé à Florence si on ne pouvait pas les acheter. Je n'ai pas aimé sa façon de hausser les sourcils. J'étais prête à enlever du panier leurs conneries de slips jetables et de serviettes hygiéniques inscrits sur la liste. J'en aurais presque pleuré. C'est vrai, je n'ai pas un sou, dépends toujours du bon vouloir des autres. Pendant la formation, je serai rémunérée, je n'aurai plus à quémander la moindre broutille. « C'est bon, Émilie, a fini par répondre Florence. Tu veux aussi un brumisateur ? Ça peut être utile pour te rafraîchir. » Et nous nous sommes mises à rire. Dans l'ensemble, tout le monde a été gentil au foyer. Enfin le personnel, parce que avec les autres filles, c'était plus tendu. J'ai même failli me battre avec l'une d'elles, Fatou, pour une histoire de cheveux dans la douche. Je ne supporte pas la saleté. On aurait eu l'air fines avec nos gros ventres de filles mères. J'ai pris sur moi, pour le bébé. Sans ça, je l'aurais démolie.

Le couple indien vient de partir. Les douleurs sont encore espacées, mais elles vont crescendo, me labourent le ventre et le dos. Je voudrais quelque chose pour me soulager, je ne vais pas tenir longtemps. On m'exhorte à être courageuse. Je supplie la petite dans ma tête. Nos chemins doivent se séparer, elle ne peut pas rester éternellement là-dedans. Elle va me manquer, c'est sûr. Au fil des mois, je me suis habituée à sa présence, presque malgré moi, même si parfois cela n'était pas facile, surtout les visites médicales et le regard, les questions des autres. J'en ai assez d'être examinée sous toutes les coutures, d'être piquée chaque mois. Avant, je n'avais jamais vu un gynécologue de ma vie, autant dire que je me suis bien rattrapée.

À ma deuxième échographie, le radiologiste m'a sermonnée en désignant l'écran : « C'est par là que ça se passe, mademoiselle. » Et comme je ne regardais toujours pas, il a insisté : « Ça ne vous intéresse pas ? » J'ai marmonné que je m'en foutais, que j'allais le vendre. J'étais sur les nerfs. « En tout cas *elle* est en pleine forme », a-t-il dit. J'ai éclaté en sanglots. Je n'arrêtais pas de répéter « Il ne fallait pas me le dire » en tenant mes genoux entre mes bras. Elle m'a donné un coup de pied dans le ventre à ce moment-là. C'était la première fois.

J'ai demandé à ne pas la voir. Je ne veux pas m'attacher. Le terme est peut-être mal choisi, mais je n'en vois pas d'autre. Je veux vivre une vie normale. Une vie un peu plus tranquille. Au moins le bébé va partir de zéro. C'est ce que j'aimerais, repartir de zéro. C'est ce que je compte faire, un peu du moins, en partant là-bas à la mer. Au foyer, je massais les animatrices contre quelques euros, c'est ce qui a donné l'idée à la directrice de ce plan à la thalasso.

La starlette en satin violine passe devant moi pour aller aux toilettes. Elle tient son gros ventre comme si elle avait peur qu'il lui échappe. Elle ne se rend pas compte, mais elle chantonne tout le temps quand elle écoute sa musique. Ce n'est pas désagréable, son bourdonnement me tient compagnie.

Cela fait sept heures que je suis clouée dans ce lit. Mes voisines ont été remplacées par d'autres. Une fille et sa mère qui n'arrêtent pas de jacasser comme si elles étaient dans un salon de thé, et un couple dont l'homme est beaucoup plus âgé. Il pousse des soupirs toutes les deux minutes, consulte sa montre, n'arrête pas de sortir pour aller téléphoner devant les fenêtres.

La douleur recommence à irradier, un poignard fouille mes entrailles. On m'a dit que tout se passait bien, mais moi, je souffre le martyre. Le produit qu'ils m'ont injecté en attendant la péridurale ne change pas grand-chose, il me donne juste envie de dormir.

Ma mère m'avait raconté qu'elle avait failli accoucher dans le caniveau en descendant de la camionnette. Ma mère a toujours manqué de délicatesse. Mais là, on dirait que la petite ne veut pas sortir. Dans un sens, je la comprends. J'ai souvent pensé qu'on avait dû se tromper à ma naissance, m'échanger. J'estimais que je valais mieux que cette famille-là. En fait, je ne crois pas. Je suis pire qu'eux.

Enfant, je les aimais pourtant. Il y a des photos où je regarde maman avec les yeux de l'amour. Il y en a une autre où papa m'apprend à tirer à la carabine à la fête foraine de Saint-Étienne et où nous avons l'air de nous amuser, d'être complices. Et il y a celle où nous jouons au foot, moi et mes quatre frères, où je ressemble à un garçon. Rémi tient à peine sur ses pattes, il a marché très tard. Je dois avoir trois ans, Stéphane, neuf, et il est si mignon. Pendant longtemps, je l'ai aimé, et pas à moitié. C'était mon frère préféré, le plus beau, le plus fort, le plus rapide. Il est né d'une première union de mon père qui a mal tourné. Je crois que sa mère est devenue complètement cinglée.

Ça s'accélère, les contractions redoublent, je ne maîtrise plus rien. J'ai peur. On m'emmène en salle de naissance. Une seconde, je l'avoue, je pense : « Déjà. » Il faut dire que j'ai la trouille, j'en suis malade. Je me croyais plus courageuse.

Il y a tout un tas d'appareils, de dispositifs, je suis reliée à plusieurs d'entre eux. À part les murs jaune d'or, ça a plutôt l'air d'une salle d'opération, enfin, je ne sais pas, je n'ai jamais été opérée, Dieu soit loué, je suis passée à travers les gouttes. Je ne me suis rien cassé, contrairement à mes frères. Il y en avait toujours un avec un plâtre, à croire qu'ils le faisaient exprès pour éviter d'aller à l'école. La salle de naissance est plus spacieuse, plus confortable que la salle où j'étais, et je suis enfin seule. Ils ont fermé la fenêtre, je suis privée du pépiement des moineaux et je crève de chaud. Ils ont dû oublier de couper les radiateurs, le printemps est précoce cette année. Seul me parvient aux oreilles le bruit de mon cœur affolé et de mes dents qui claquent.

– Ça ne devrait plus être très long, maintenant, m'assure la sage-femme de l'équipe du soir. Comment allez-vous l'appeler, votre merveille ?

– Léa, je marmonne.

J'ai l'impression que la péridurale n'a pas eu le temps de faire tout son effet. L'anesthésiste est venu trop tard. C'est pas faute de l'avoir réclamé, j'ai dû ameuter tout le quartier.

– Et le papa, il est où ?

– Regardez ma fiche au lieu de me poser des questions idiotes.

Elle qui était si joviale se ferme comme une huître.

– Allez, un peu de concentration, c'est le moment ou jamais. Vous pouvez commencer à pousser. Respirez, comme aux cours.

Je panique, bredouille que je ne sais pas, que je n'y suis pas allée. Elle m'explique. Je fais ce qu'elle me dit. Je suis recouverte d'une pellicule de sueur. Peu à peu, je ne sens plus la partie inférieure de mon corps comme si elle ne m'appartenait plus. Je suis seule avec cette femme qui me donne la marche à suivre, qui me sauve. J'essaie de ne pas penser, de me concentrer sur le souffle. Quand la sage-femme m'agrippe la main, j'ai les larmes aux yeux. Je voudrais quelqu'un d'autre près de moi. Une mère, une sœur, une amie, un mari, un père pour cette enfant. J'aurais voulu que les choses se passent autrement.

Elle crie, le bébé crie. Mon visage est baigné de larmes.

– Je vous la montre quand même ?

– Non, non… je vous l'ai déjà dit.

La salle de naissance porte un nom de fleur. Violette. C'est un hommage tacite, ta grande sœur devait s'appeler ainsi. C'est Nathan qui avait choisi le prénom, je préférais Apolline. Elle est morte à cinq mois et demi dans mon ventre. Avant, il y avait eu Antonin (quatre mois). Trop petits, trop fragiles. J'embrasse mon gri-gri japonais. J'ai failli l'oublier à la maison, il était resté sous l'oreiller de ce lit bien trop grand, dans la chambre bleue donnant sur la rue, avec des barreaux aux fenêtres. Je l'ai acheté à Kyoto dans un sanctuaire shinto, coincé entre un poste de police et une boutique de souvenirs, à l'intérieur d'une galerie commerçante. C'est une sorte de peluche grise avec un fichu rouge, les yeux et la bouche sont dessinés au feutre noir. Elle est toujours près de mes doigts, fétiche pour conjurer le malheur. Elle représente Jizô, le dieu des voyageurs et des enfants. Il les protège et arrache aussi des limbes les bébés morts *in utero*, morts trop tôt, pour les conduire au paradis.

Étonnamment, je n'ai pas peur. Mon bébé, tu es à ma portée. Seule ma peau nous sépare, si fine. Tu vas bientôt connaître mes baisers. Pour l'instant, tout se déroule parfaitement, j'ai mis toutes les chances de mon côté. J'ai essaimé tant de vœux à Kyoto, et jusqu'à présent ils se sont réalisés. J'ai écrit mes souhaits sur des plaquettes de bois destinées à être brûlées. Sur des feuillets que j'ai fixés à des branches d'arbre en métal. J'ai accroché des guirlandes en papier et en tissu colorés. J'ai fait sonner des cloches, chassé les mauvais esprits en claquant dans mes mains, jeté des pièces sur la tête d'une grenouille et dans la « source où se lave la lune ». J'ai caressé les statues de Jizô un peu partout. Devant une rizière à O'Hara, un village perché dans les montagnes, des offrandes de citrons verts, d'alcool de prune et de saké. Au milieu d'un champ de stèles, sous un érable doré. Dans la neige. La statue de Nara, en bois noirci, près du bouddha géant en or, ressemblait à une vieille sorcière. Je me souviens d'une tombe d'enfant près de la rivière, non loin du temple du Phénix, qui croulait sous les jouets et les peluches.

J'entends de nouveau des cris. De colère, de douleur. La sage-femme, qui vient de percer ma poche des eaux comme un ballon avec une aiguille, interpelle une de ses collègues et lui demande ce qui se passe dans la « Jonquille ». Elle lui répond que c'est la fille au dragon tatoué sur l'épaule.

– C'est une X, c'est ça ?

– Ouais, elle peut toujours attendre pour que j'appelle l'anesthésiste.

Je me bouche les oreilles. Nous avons tous de ces lâchetés. Dans la salle de travail, elle n'arrêtait pas de râler qu'elle avait mal, qu'on lui avait promis que ça n'arriverait pas. Elle ne doit pas avoir plus de dix-huit ans. Elle est si maigre, malgré son ventre qui faisait remonter son tee-shirt trop court sur les cuisses. La sage-femme avait beau lui expliquer que ce n'était pas contre elle, rien ne semblait la calmer. J'ai mis mon walkman pour ne plus rien entendre, j'ai réécouté les disques qui m'ont accompagnée ces derniers mois. Je ne peux pas partager la souffrance des autres, je n'ai plus les épaules pour ça. J'ai besoin de calme et de sérénité pour mettre au monde mon enfant. Je l'attends depuis si longtemps.

Tout est prêt pour notre retour. J'ai laissé ta chambre plongée dans la pénombre, le soleil filtrant par les persiennes. C'est moi qui l'ai peinte – bleu lavande et vert anis –, qui ai posé la frise de poussins sur les murs. Je me suis donné du mal. Oui, tout est prêt. Le mobile avec les nuages. Le coffre à jouets plein comme un œuf. La turbulette aux papillons. Les tableaux, les affiches. Le tapis de jeux avec la mare, les nénuphars et les libellules. Un fauteuil en osier pour te bercer. La boîte à musique Totoro. Les peluches, des chats, un éléphant, un crocodile. La guirlande de hiboux. La veilleuse panda, la lampe jaune en forme d'ourson. C'est si joli. Après avoir vérifié une dernière fois que tout était en place, j'ai frappé des mains et tu m'as tapé dans le ventre. Tu étais content, mon petit garçon. Nous étions à l'unisson, comme toujours. Quand nous reviendrons de la maternité, cette chambre ne sera plus vide. Enfin. Oui, tout est prêt, depuis neuf ans j'ai eu le temps. J'ai même dû jeter des choses et en racheter, des produits périmés, des bodies blancs, jaunis avant même d'avoir été portés.

Je surveille régulièrement le monitoring qui enregistre ton rythme cardiaque et celui des contractions. Deux fois, la courbe est passée sous la barre des cent battements par minute. Mais on m'a dit de me tourner sur le côté gauche et depuis ça va mieux. J'ouvre mon anthologie de haïkus, ma bible du moment, je relis les plus joyeux, les plus lumineux.

Avant de partir, j'ai pris la carte postale de Nathan dans le tiroir jaune de la cuisine, je l'ai glissée dans la poche de mon manteau violet. D'un côté, le lac Rose du Sénégal. De l'autre, un numéro de portable étranger et une laconique mention « En cas de besoin ». Il me manque soudain. Mon bébé, notre enfant, va venir au monde, et il est si loin de nous.

C'est là-bas que j'ai perdu mon amour, à Kyoto. Nous étions partis pour six mois, je me suis sauvée au bout de trois. Ces derniers temps, il filait de son côté, ses appareils à la main, pour capter des sons, des lumières, des ambiances dans la ville. Je me réfugiais dans les lieux où nous étions allés tous les deux, avec mon secret caché au fond du ventre. Les temples et leurs jardins de sable, de pierre. Leurs cerisiers, leurs pins, leurs érables. Le Chemin des philosophes, son canal et ses arbres fleuris. Ces coins de campagne à Arashiyama et Sagano, à deux pas du centre. Je me suis enfuie, je ne lui ai rien dit, je n'ai pas dit que j'étais enceinte. Il n'aurait pas supporté, il ne pouvait plus supporter tout ça. *Au long de la rivière / je n'ai vu aucun pont – / ce jour est sans fin*. Comment continuer à l'aimer quand tous nos espoirs, tous nos rêves redevenaient poussière, quand mon corps ne fabriquait que la mort ?

Je suis rentrée à Paris, j'ai attendu mon bébé, confiante. La dernière fois que nous nous sommes vus, c'était dans ce café que nous aimions tant près de la Cigale, avec le lustre de bouteilles au plafond. Nous devions régler les détails de notre séparation. L'odeur de la cigarette me donnait envie de vomir. Il n'a rien remarqué, pas même ma robe de grossesse. Quelques jours plus tard, il s'envolait pour l'Afrique.

Tout à coup j'ai si chaud. Je frissonne. Je n'arrive même plus à parler. Je cherche mon gri-gri. Mes doigts engourdis n'ont pas la force de le ramasser par terre. Je suis dans les vapes. Devant moi se dresse le petit autel du temple Adashino. Une bougie allumée. Des branches de coton. De l'encens qui brûle, de la cendre. De la mousse sur le toit, des rideaux violets, une statue qui tient un fœtus dans sa main. De l'eau coule d'une fontaine. Je pense à mes deux anges. J'ai demandé à Jizô de les prendre dans ses bras. Je me souviens aussi de l'avoir supplié de protéger cette vie qui grandissait dans mon ventre.

Ma langue pèse lourd, j'ai des cailloux dans la bouche. Je me sens partir, ce n'est pas le moment.

– Madame Zimmerman, madame…

La sage-femme me parle, mais je ne l'entends pas, je ne la comprends pas, je vois seulement ses lèvres bouger. Je lui souris bêtement. Elle me tapote les mains, puis les joues. Elle appelle quelqu'un.

Je reviens à moi. On m'a changée d'endroit. Dehors il fait nuit, enfin je crois. La pièce est plongée dans le noir, à moins que ce ne soit un couloir. Je ressens une douleur sourde dans le ventre mais le drap me semble étrangement plat. C'est donc que tu es né, et je n'étais même pas là. Une femme entre :

– Vous êtes réveillée ? Vous voulez un verre d'eau ?

– Où est mon bébé ? J'ai accouché, n'est-ce pas ?

– Oui, j'en ai bien l'impression, répond-elle en riant. Je vais me renseigner. Je viens de prendre mon service. On va vous transférer dans votre chambre.

Cette pièce totalement obscure est sinistre, elle aurait pu me laisser la lumière. Le brancardier n'arrive pas. Je porte une chemise en papier bleu que je ne me rappelle pas avoir enfilée. Il faut dire que je ne me rappelle pas grand-chose. J'ai dû m'évanouir à deux reprises au moins. Je me souviens que tu étais presque là, je crois même t'avoir entendu crier, mais tout est brouillé, nimbé de brume et de coton. Je me lève difficilement. Mes affaires ont été déposées sous le brancard. Je fouille fébrilement dans la valise rouge. La grenouillère de naissance n'est plus là, ni le bonnet ni les chaussettes. Je pleure de soulagement. Je commençais à croire qu'il t'était arrivé quelque chose. Ces trois pas m'ont épuisée, je dois prendre des forces. Je m'allonge bien sagement en attendant.

La lumière du jour me brûle les yeux. Je les referme aussitôt. J'entends des miaulements de nouveau-nés, des piaillements. À trois, j'ouvrirai les yeux, et tu seras à côté de moi. Tu porteras ton body jaune avec les lapins, il fait si chaud. Tu seras magnifique. J'ouvre les yeux et tu n'es pas là. Ils m'ont enlevé les perfusions et la poche d'urine. Je suis dans une chambre cette fois, une pièce claire baignée de soleil. Il n'y a personne d'autre. J'appuie sur la sonnette. Une infirmière passe la tête dans l'embrasure de la porte. Ma voix tremble, mais aussi mes mains, mes jambes, mon corps tout entier. Je voudrais qu'on m'apporte mon bébé, rien d'autre n'a d'importance. Elle me répond qu'elle va chercher quelqu'un. Je voulais lui demander encore une chose – quoi ? j'ai oublié –, mais elle a disparu. Je me lève pour aller dans la salle d'eau, je dois me faire belle pour toi. C'est alors qu'ils entrent. Deux blouses blanches, deux mines sombres. Ils me proposent de m'asseoir. Je ne pose aucune question, ce n'est pas la peine. Je sais.

Je m'occupe de ces foutus papiers pour m'en débarrasser une bonne fois pour toutes. Je n'ai que ça à faire de toute façon. J'en ai marre de lire, mes yeux sont fiévreux, et ma chambre s'ouvre sur une cour bétonnée avec des bruits de machinerie et des odeurs de cuisine. J'ai l'impression que quelqu'un vient de mourir, et je crois bien que c'est moi qui suis en train de pourrir de l'intérieur, maintenant qu'elle n'est plus là pour mettre un peu de vie en moi. Je ne sais même pas à quoi elle ressemble. Dès que j'entends un enfant pleurer dans le couloir, je tends l'oreille, je me dis que c'est peut-être elle.

Rien d'intéressant ne me vient en tête, tout me semble rebutant. Je ne vais pas leur raconter mes malheurs, mes errements, ça ne regarde que moi. Je leur laisse mon nom sous pli cacheté. Si elle veut me rencontrer un jour, elle en aura la possibilité, je n'y suis pas opposée, elle ne sera jamais une étrangère pour moi, je ne peux me résoudre à l'anonymat.

– Alors, ça s'est bien passé ? me demande Mme Blanchot.

Que répondre à ça ? Je hausse les épaules, mordille mes ongles.

– Et le moral ?

– Bof. On m'a donné des médicaments… Elle va bien ?

– Oui, elle est en pleine forme. Les premiers examens sont bons.

Je suis soulagée. Avec tout ce que j'ai absorbé les trois premiers mois, elle aurait pu avoir de sérieux problèmes. Après, dès que j'ai su que j'étais enceinte, je n'ai plus touché à une goutte d'alcool, j'ai arrêté les joints et la clope. C'est ce qui a été le plus dur, je fumais depuis l'âge de treize ans.

– Oui, vous avez bien travaillé, Émilie… Bon, je vous laisse vous reposer. N'oubliez pas de compléter le dossier, me rappelle-t-elle en tapotant l'enveloppe posée sur la table de chevet.

– C'est déjà fait… Madame Blanchot ?

– Oui ?

– J'aimerais la voir finalement. Ça me semble important de lui expliquer moi-même pour… Comme vous aviez dit.

– Là, il est un peu tard. On vous l'amènera demain matin. L'important n'est pas la quantité, mais la qualité de la parole qui va être transmise.

– Merci infiniment.

– Je suis là pour ça.

Je me lève difficilement, j'ai mal. Ce sont les points de suture. Je vais voir dans la pouponnière. De l'autre côté de la vitre, une dizaine de berceaux transparents, recouverts d'un drap rose. Elle est sans doute dans l'un d'entre eux. D'ici ils se ressemblent tous, à part un bébé à la peau cuivrée, peut-être celui du couple indien. En revenant vers ma chambre, je croise la femme qui ressemblait à une actrice. Un médecin l'aide à marcher. J'ai failli ne pas la reconnaître tant son teint est cireux, ses cheveux, ternes, emmêlés. Son châle tombe de ses épaules comme une peau morte. Je crois que je n'ai jamais vu autant de douleur dans un regard, deux grands yeux noirs qui lui mangent le visage. Je me suis demandé une seconde si le mien ne s'y reflétait pas. C'est absurde.

– Je la mets dans le lit avec vous ?

Quand Mme Blanchot arrive avec Léa dans son berceau à roulettes, je suis plus émue que je ne le voudrais. Je flanche carrément.

– Non, à côté, je préfère.

Je ne peux pas. L'entendre, la voir, oui, peut-être, oui, il le faut bien, mais la serrer contre moi, c'est au-dessus de mes forces. Elle risque de rester collée. Elle a beaucoup de cheveux, comme moi à la naissance. Sa peau est belle, ses traits sont fins. Ses petits poings sont fermés. Elle est beaucoup trop mignonne.

– J'ai des choses à te dire…

Ma voix s'étrangle, je ne suis pas encore prête. Il faut que je mette de l'ordre dans mes pensées, sinon ça va être de la bouillie de mots, et elle ne va rien comprendre. C'est déjà suffisamment compliqué. Je suis épuisée. De toute façon, elle dort comme un loir. Quand on sera en forme toutes les deux, on pourra discuter. J'ai juste la force de rapprocher le berceau de mon lit. Je lui attrape la main, ça vaut peut-être mieux que tous les discours. Ses doigts s'enroulent autour de mon pouce.

Elle soupire dans son sommeil. Sa poitrine se soulève. Je pose mon autre main dessus. C'est moi qui ai fait ça. Comment ai-je réussi quelque chose d'aussi parfait ? J'ai une crampe, mais je ne retire pas mon doigt. Je me mords les joues pour ne pas pleurer.

Dehors il fait étonnamment chaud. Le climat est déréglé. Pourquoi les platanes se sont-ils couverts de feuilles ? Pourquoi, une fois encore, l'hiver a-t-il fait place au printemps ? Et pourquoi les gens s'agitent-ils dans tous les sens ? Que cherchent-ils ? Espèrent-ils encore quelque chose ? Je ne reconnais plus Paris. La rue d'Alésia me semble interminable. Quand suis-je rentrée à l'hôpital ? Hier, je crois, ou avant-hier, je ne m'en souviens plus, une éternité. Je marche comme un zombie.

Je m'éloigne de toi, je t'abandonne. J'aurais voulu rester à tes côtés, mais c'est impossible, je le sais. Quand ils m'ont annoncé ta mort hier matin, j'ai demandé à te voir. C'est la première parole que j'ai prononcée, ma seule prière, ils ne pouvaient me le refuser. Tu étais si beau, si tranquille, on aurait dit que tu dormais. Petit ange. Tu ressemblais à Nathan, à moi aussi, nous nous ressemblions tant. Quelques boucles brunes, des yeux étirés. Tu avais la peau mate, qui commençait à bleuir par endroits. Tu portais ta grenouillère et le body jaune à lapins. J'ai mis dans la sorte de couffin ou de boîte – je ne sais comment on peut nommer ça, tous les mots sont insupportables – une souris verte, un hippopotame rose, un éléphant multicolore, ainsi qu'une clochette pour m'appeler. J'ai demandé au docteur Lureau, qui a été si gentil, de te glisser au poignet la petite gourmette dorée que j'avais fait graver à ton prénom. Camille. Avant de te quitter, je t'ai chanté à l'oreille cette berceuse de Nino Ferrer. *Demain tu pourras / Jouer avec Vania, / Pompon, Siam et Valentin / Dans le fond du jardin / Fais dodo petit garçon / Avec la lune et les grillons*. Je n'ai pas eu la force de te toucher, j'avoue, j'ai juste posé mes lèvres sur ton front.

Je n'ai pas pleuré, pas une seule larme. Je suis devenue fossile. Oui, je suis desséchée et vide, toute eau m'a quittée. Je ne sens plus grand-chose. Ça doit être les médicaments. Je ne suis pas malheureuse, c'est bien au-delà. Où aller ? Je ne peux rentrer à la maison, affronter cette chambre maudite qui n'accueillera jamais de nouveau-né. On ne m'y reprendra plus. Nathan avait raison, j'aurais dû l'écouter. Mon désir s'est vidé de sa substance, mon caprice d'enfant gâtée. Je vais te rejoindre bien vite, mon cœur, je t'en fais la promesse, le serment. Je ne t'abandonnerai pas seul dans la nuit. Savoir que tout cela va s'arrêter, c'est ce qui me donne le courage de faire un pas, puis un autre. Oui, c'est ça, *prépare-toi à la mort / prépare-toi / bruissent les cerisiers en fleur*.

Ce que j'ai appris hier, c'est que tu avais vécu cinq minutes, et que ces minutes, tu les avais passées dans mes bras. Où sont-elles ces cinq minutes ? Qui me les a volées ? Où était ton père ? S'il avait été là, je lui aurais demandé de filmer. Et il aurait accepté, même si ses yeux avaient été des trous noirs. La caméra aurait vu pour lui, se serait souvenue pour nous.

J'ai si froid. Je plonge mes mains dans les manches de mon manteau et le bout de mes doigts touche quelque chose de pelucheux. Figée dans la foule, je n'arrive plus à avancer. Comment ai-je pu oublier de te laisser sous sa protection ? Les pas qui me ramènent sont plus faciles, c'est peut-être le vent qui me pousse vers toi, mon petit garçon, mon petit flocon…

Je voulais leur confier mon gri-gri pour qu'ils le mettent au creux de ton épaule, je n'ai pas la force de te voir une nouvelle fois, mais les portes du bureau sont closes, les équipes, en réunion. Je suis désemparée, incapable de m'arracher encore à ce lieu où tout commence, où tout finit.

Dans la chambre au bout du couloir, par la porte entrouverte, j'aperçois la jeune fille, celle de la salle de travail. Elle est endormie. Un nouveau-né repose dans un berceau à ses côtés. J'entre sur la pointe des pieds. Je ne peux m'empêcher de les regarder, elles sont belles, chacune à leur manière. Tableau touchant, désarmant, désolant. Le drap découvre le tatouage sur son épaule. C'est encore une enfant. Elle est plutôt jolie avec ses cheveux blond foncé, sa pâleur et ses lèvres boudeuses.

Le bébé est une vraie poupée, un chef-d'œuvre de la nature. Les lèvres bien roses, ourlées en un baiser imaginaire, les mains ouvertes à la caresse, un teint de porcelaine, un nez retroussé, des cheveux abondants couleur miel. Je passe furtivement la main sur son front, sa peau est si douce.

Elle n'est plus là. Le drap du berceau a gardé l'empreinte de son corps en boule. Notre rencontre aura été de courte durée. Je n'ai même pas eu le temps de lui parler. Je vais me préparer et partir, je n'ai plus que ça à faire maintenant. Sur ma main, il y a encore son odeur de bébé. Une odeur de lait et de cassis, ou de mûre.

Je prends ma première douche depuis que je suis ici. Je me sens triste, mais aussi soulagée. Il vaut peut-être mieux qu'on soit venu la rechercher pendant que je dormais, à mon insu. C'est fini. Je l'ai amenée à bon port et elle est en bonne santé. J'ai rempli le dossier, signé les papiers. Je ne peux rien faire de plus. J'aurais juste voulu qu'elle sache que je la respecte infiniment. Je veux qu'elle soit la plus heureuse possible. Qu'elle ait un papa et une maman qui lui apportent le bonheur, la sécurité, ce que je suis incapable de lui donner pour l'instant. Je suis seule. Je n'ai pas les épaules. Ma vie est un vrai bordel. J'ai tant de mal à m'occuper de moi. Il faut d'abord que je m'en sorte. Une famille ? Un jour peut-être. Les choses dans l'ordre. De toute façon, je n'ai pas le choix. C'est ça que je voulais te dire, mais tu n'es plus là.

Je ne sais pas combien de temps je reste sous l'eau, je me lave de la tension accumulée ces derniers mois, ces derniers jours si éprouvants. J'ai l'impression d'avoir vieilli de cent ans, la peau de mes doigts est toute fripée. J'enfile mon éternel jean, délavé à force d'être porté, et mon sweat vert à même la peau. Je remets mon piercing. Je me pince les joues, je suis si blanche. Il faudrait que je m'arrange un peu, c'est pas comme ça que je vais trouver un amoureux, je veux dire un vrai, pas un qui me demande de partir au petit matin. Une nouvelle vie commence, c'est ça qui est important maintenant. Je rassemble mes affaires, fourre mes tee-shirts, mes tongs et ma trousse de toilette dans le sac en tissu Monoprix. Je laisse le livre qu'on m'a prêté sur la table de nuit.

– Bonjour, je suis Véra, l'auxiliaire puéricultrice. C'est l'heure du biberon. Vous le donnez ou vous préférez qu'on s'en charge ?

Je regarde sans comprendre cette jeune blonde à lunettes un peu enrobée qui vient d'entrer en poussant un chariot.

– Où est le bébé ? me dit-elle en jetant un œil autour d'elle, comme si je le cachais sous le lit ou dans mon sac.

Le tour de la chambre est vite fait. On ne peut pas imaginer moins meublé. Il n'y a ni recoin ni placard.

– Ben, on me l'a repris.

– Qui ça ? fait-elle en inspectant la salle d'eau.

Je n'ai pas la force de m'énerver, toute colère m'a quittée. Je suis si fatiguée.

– Je ne sais pas. Mme Blanchot, peut-être. Je dormais.

– Ce n'est pas ce qui était prévu, répond-elle, l'air pincé, avant de s'éclipser.

Je me rassois sur le bord du lit. Examine de nouveau le berceau en plexiglas. Vide. Avec la fiche au bout. « Léa. 50 cm 3,1 kg. » L'heure de ses repas. La courbe de température et des gribouillis illisibles. Je ne pense à rien.

Véra revient avec Mme Blanchot, quelques minutes plus tard.

– Alors ? je demande, la gorge nouée. Que se passe-t-il ?

– Ne vous affolez pas, réplique-t-elle, mais son regard ne me rassure pas.

Mme Blanchot se tamponne le visage avec son mouchoir en tissu de vieille fille. Elle porte son éternel tailleur en laine bleu marine sur un chemisier blanc. Son chignon brun est strié de gris.

– Mademoiselle, dit-elle à Véra, allez vous renseigner auprès de vos collègues, il a dû y avoir un cafouillage.

Le visage de la jeune puéricultrice rougit, des plaques apparaissent de chaque côté de son nez. Elle pose ses poings sur les hanches. Elle appelle sa supérieure. C'est un dialogue de sourds. Mme Blanchot, livide, se décompose. J'assiste à cet échange sans rien dire, terrifiée – les mains moites, la langue pétrifiée, les cordes vocales qui voudraient hurler –, pourtant il n'y a plus une minute à perdre, je le sens. Je m'accroche au matelas, j'ai l'impression de glisser. Je ne parviens plus à respirer. Mes poumons gonflent à vue d'œil, ma trachée se réduit comme une peau de chagrin. Elles ne voient pas que je suis en train d'étouffer.

Voici ta maison, ma chérie. J'ai cru que nous n'y arriverions jamais, j'étais si fatiguée. L'appartement n'est pas très grand, mais c'est bien suffisant pour nous deux. Voilà ta chambre. Tu as vu la frise de poussins ? J'étais sûre qu'elle te plairait. Il faudra que je rajoute des touches de rose, des perles et des rubans. Que j'accroche sur les murs les fées en tulle avec les couettes en fil de fer doré, les souris déguisées en danseuses.

Mon téléphone sonne, je n'ai aucune envie de répondre. Tu pleures, tu dois avoir faim, ma puce, regarde tout ce lait qui coule pour toi. Je suis toute trempée, une vraie fontaine. Après nous prendrons un bain, nous avons eu si chaud dans la ville. Je m'assois dans le fauteuil indonésien, cale mon bras sur le coussin spécial allaitement. Le lait jaillit et t'éclabousse le visage. Je ris, t'essuie avec un bavoir brodé à ton prénom, Camille. Tu es tellement énervée que tu n'arrives pas à trouver mon mamelon. J'ai du mal à t'aider, je ne suis pas douée. Tu cries maintenant, tu bouges la tête dans tous les sens comme un petit animal affamé. Au moment où je m'apprête à abandonner, à te préparer un biberon, nous réussissons enfin à nous accorder. Et c'est merveilleux, plus que tout ce que j'aurais pu imaginer.

Je te déshabille sur la table à langer. J'ai mis en route le radiateur d'appoint. Il fait un bruit de ventilateur. La salle de bains est la pièce la plus humide à cause de la terrasse des voisins au-dessus. Tu es une vraie crevette. Je t'embrasse le ventre, les pieds. Ton cordon ombilical me dégoûte un peu, mais il faut bien le nettoyer. J'enlève ta couche. Comme tu es belle. Qu'importe que tu ne sois pas un garçon, mais une fille, à présent plus rien ne peut nous arriver. Tu me fais une sorte de sourire, comme si tu avais compris.

J'entre prudemment dans la baignoire. Tu as l'air d'aimer l'eau. Tu es sur mon cœur. Tu es mieux de ce côté-là. On va se consoler toutes les deux. Nos peaux se touchent enfin. Je pleure de bonheur. Je t'aime déjà. Je t'aime trop. Je ne suis pas folle, je sais bien que tu n'étais pas dans mon ventre. Ça ne change pas grand-chose et ça m'arrange. Notre petit secret, notre grand mensonge. Nos sangs mêlés ne coulent pas dans tes veines, mais encore une fois qu'importe.

L'eau a refroidi. Je te sèche en te tapotant délicatement avec une serviette. Je te mets une robe rose et blanche que j'avais choisie pour Violette, par-dessus ton pyjama. Elle te va à ravir, même si tu nages dedans. Tu es la plus belle des petites filles. Une fois que tu es prête, parée comme une princesse, je te pose sur mon lit. Et j'enfile mon peignoir d'intérieur. Tirebouchonne une serviette sur ma tête. Je m'allonge à côté de toi, je te regarde, bouche bée, comblée.

Quelqu'un sonne à la porte. Quelqu'un toque. Quelqu'un appelle. Je suis tétanisée. C'est fini. Déjà.

– Judith, Judith, ouvre-moi.

C'est ma mère. Elle me dévisage, interloquée. Je lui fais signe de me suivre, un doigt sur ma bouche. Mon amour dort au milieu du lit. Elle veut savoir si c'est une petite fille, puis lance :

– C'est ce que tu voulais ?

Et pour la millième fois, je lui dis que ce que je voulais, c'était un enfant.

– Et comment tu l'as appelée ?

– Camille.

Je l'emmène dans le salon, j'ai peur de réveiller la petite. Ma mère s'assoit dans le futon grenat, s'allume une cigarette. Je lui demande de l'éteindre. Comme prise en faute, elle écrase sa Fine Menthol dans le vide-poche en nacre qu'elle s'obstine à prendre pour un cendrier. Elle n'est pas dans son élément chez moi, elle ne l'a jamais été. C'était encore pire quand il y avait Nathan, elle passait en coup de vent ou c'était lui qui filait, saisissant n'importe quel prétexte pour s'échapper.

Et voilà le temps des reproches, je l'attendais. Ses lèvres sont pincées, ses longues jambes croisées. Elle veut savoir pourquoi je ne lui ai pas téléphoné. Je lui réponds comme je peux. Que j'allais le faire. Qu'elle sait comment c'est. Que je ne voulais pas de visite. Que j'étais crevée. La question suivante « Tu as prévenu Nathan ? » me met hors de moi. Elle persiste à ne pas vouloir comprendre.

– Arrête ! On en a déjà parlé… Tu veux un thé ?

– Oui. Si tu en fais un pour toi. C'est normal que je m'inquiète, bougonne-t-elle.

Je m'affaire dans la cuisine. La petite me sauve. Elle a faim. Encore. Je vais la chercher. Elle trouve vite mon téton. Elle boit goulûment. Maman paraît gênée. C'est son côté pudibond. Elle dit qu'elle va faire une course, nous acheter des gâteaux pour le thé.

Nous sommes seules, de nouveau. J'aime jouer les mères nourricières. C'est très agréable, sensuel, je ne pensais pas, cette tension soulagée par la succion, le sein qui se vide et se remplit encore, miracle sans cesse renouvelé. En deux, trois heures, j'ai pris mes marques. Je me cale sur elle, son horloge biologique. Nous sommes sur la même longueur d'onde, en symbiose, comme si nous nous connaissions d'une autre vie.

Pour se faire pardonner, ma mère revient avec un grand bouquet de roses qui me tournent la tête. Des tartes « maison » du pâtissier du coin. Et un cadeau. Un médaillon doré avec la Vierge Marie.

Elle tend les bras vers mon enfant, elle veut me la prendre.

– Je ne préfère pas pour le moment… Tu dois être pleine de microbes.

Elle reconnaît que j'ai raison, mais je vois bien qu'elle est déçue. Je n'ai aucune envie de prêter la petite, de la partager, mon temps avec elle m'est compté, je le sais.

À peine le thé et les gâteaux finis, je lui demande de me laisser, j'ai besoin de me reposer, et pour joindre le geste à la parole, je m'effondre sur le lit. Elle me dit que c'est normal d'être épuisée, je viens d'accoucher. Je ne sais pas pourquoi, mais je pensais qu'elle devinerait, qu'elle ne serait pas si facile à berner. À ma grande surprise, elle s'allonge à mes côtés, me caresse la tête, elle est si douce tout à coup.

Je marche vers la gare. Mon train part dans deux heures. Ma vie tient dans deux sacs plastique. Toute ma vie, deux sacs. Pas grand-chose. Un pantalon en toile, un jean, un pull, un gilet. Quatre tee-shirts, trois paires de chaussettes, un soutien-gorge, cinq culottes. Mon blouson en cuir. Que du basique, pas de marques ni de fantaisie. Une brosse à dents et une brosse à cheveux. Dentifrice savon shampooing, un déodorant, un sèche-cheveux, et j'ai dû négocier ferme pour les obtenir. Une paire de baskets, des tongs. Voilà tout. Même pas un walkman, un parfum, un rouge à lèvres, une jolie robe. Florence m'a préparé un sandwich et une pomme. Et m'a filé cinquante euros. Comment j'aurais pu élever un enfant sans argent ? Qu'on me le dise ! Personne ne dit jamais rien.

On m'a demandé de rester à l'hôpital deux jours de plus. Pour ma santé. À cause des points de suture. Pour mon mental aussi. De toute façon, j'étais incapable d'aller bien loin, j'étais complètement sonnée, je n'arrivais même pas à me lever, j'étais toute molle. Une psy est venue me parler. On s'est bien occupé de moi, je n'ai pas à me plaindre. Je crois que je leur ai fait pitié, il y a de quoi. Mais il a bien fallu que je me ressaisisse, je ne pouvais attendre plus longtemps. Je suis repassée par le foyer récupérer mes affaires, je n'ai pas voulu m'éterniser. On m'a souhaité bonne chance, même si le cœur n'y était pas. Elles m'avaient vue à la télé. Elles ne comprenaient plus rien, évidemment. Je n'ai eu aucun regret de quitter cet endroit, je m'y revoyais encore quelques jours auparavant avec Léa dans mon ventre, bien au chaud. En sécurité.

Au rythme où je vais, je risque de rater mon train. Je me sens si vieille. C'est un cauchemar éveillé. Ne pas savoir où elle est, si elle va bien ni même si elle est en vie. J'ai du mal à être lucide, à aligner trois mots, ma voix est pâteuse.

Sur un abribus, rue Pernety, un avis de recherche avec une photo. Elle porte le bonnet que je lui ai choisi. Mon cœur se fend en deux. Je claque des dents, et mon ventre fait des siennes. J'ai si peur pour elle. Je lui ai donné la vie, personne n'a le droit de la lui prendre.

Je m'installe à bord du TGV. C'est une grande première. Les rares fois où on partait faire du camping à Fréjus, c'était serrés comme des sardines dans la camionnette Citroën. Je ne suis pas fâchée de quitter Paris, cette ville ne m'a pas réussi. Je feuillette la revue mise à la disposition des voyageurs. Il y a un encart sur les Thermes marins de Saint-Malo et leurs forfaits week-end. Tout ça n'est pas pour moi. Je n'ai même pas un bouquin pour passer le temps. J'irai m'inscrire à la bibliothèque. J'espère qu'ils accepteront, même si je n'ai pas encore de quittance ni de fiche de paie. La vie est si compliquée.

J'aimerais ne plus rien sentir enfin, ne plus penser, ne plus avoir mal, ne plus entendre cette petite voix qui me siffle en permanence à l'oreille : « C'est ta faute, elle a su d'une manière ou d'une autre que Léa était destinée à avoir une autre maman, qu'elle était libre en quelque sorte. C'est pour ça qu'elle l'a choisie et pas un autre. » Je suis un monstre. Nous sommes deux monstres, elle et moi. Léa, pardonne-moi.

La plage jaune d'or est immense, bordée par une promenade pavée et de belles villas avec des tourelles, des balcons, des vérandas, des plaques, des écussons. L'eau a des éclats turquoise et verts, parsemée d'îlots noirs plantés un peu partout. À gauche, j'aperçois la vieille ville, les remparts, le château, le clocher. J'irai plus tard, je ne suis pas là pour faire du tourisme, mais je ne peux m'empêcher d'être légèrement excitée, l'air marin me tourne un peu la tête.

Je n'avais pas envie d'attendre le bus. J'ai demandé où était la mer, et on m'a dit tout droit. Mon sac à dos n'est pas lourd. Je me le suis acheté à la gare. J'avais trop honte. J'ai tout fourré dedans. Je ne veux plus avoir l'air d'une pauvresse, d'une clocharde.

Il est beau, ce sable, pas comme celui beige et grossier de la côte d'Azur. J'en remplis mes mains, le goûte. Il crisse sous mes dents. Je crache, j'ai manqué de m'étouffer. J'enlève mes chaussures, remonte mon pantalon. M'avance vers le rivage, la main en visière pour me protéger de la luminosité.

L'eau est gelée. Et de nouveau l'angoisse me serre comme un étau.

Le foyer des jeunes travailleurs jouxte l'auberge de jeunesse. Des immeubles à trois étages aux belles pierres d'ici, pas des bâtiments préfabriqués ni délabrés.

– On vous attendait, mademoiselle Guénaud, dit la dame de l'accueil avec un large sourire. On a cru que vous aviez raté votre train. Vous êtes passée devant les Thermes ?

J'acquiesce, même si je n'y ai pas fait attention. Je n'ai vu que la mer, elle seule a réussi à accaparer mon attention, à me changer les idées, à écarter ces araignées rouges qui me grignotent l'intérieur du crâne.

– Venez dans le bureau signer votre contrat et prendre connaissance du règlement intérieur. Après, je vous ferai visiter.

Il y a tout ce qu'il faut (une cafétéria, une salle de télévision, une autre de sports, une laverie), et les gens ont l'air sympas. La chambre est assez nue, mais très propre et fonctionnelle, les murs blancs, immaculés. Un lit, une chaise, un bureau, le tout par deux. Une petite salle d'eau avec une douche. De la fenêtre, on peut observer les allées et venues sur le parking et le boulevard. La plage est à deux pas. Je range mes affaires dans le placard muni d'une clé. Il n'y a pas grand-chose à voler. En deux minutes, c'est fini. D'un foyer à l'autre, c'est toujours la même chose.

Les cours commencent demain, j'ai encore quelques heures devant moi. Je marche longtemps à la recherche d'une cabine, j'aurais peut-être dû aller dans l'autre sens. Le premier jour, l'inspecteur m'a dit qu'ils devraient la retrouver rapidement (ou, sous-entendu, jamais), que c'était ainsi dans la plupart des cas d'enlèvements de nourrissons. Comme si la femme (car c'est souvent une femme) souhaitait se faire prendre. Et pourtant les jours se succèdent (trois déjà), et nous sommes sans nouvelles, ils n'ont pas l'ombre d'une piste. Je compose le numéro, la gorge serrée. Comme chaque fois, je m'attends au pire avec, malgré tout, l'espoir au ventre.

À la pause, j'ai préféré boire mon café à la buvette. J'essaie de fuir les autres stagiaires. Quatre fausses blondes aux ongles manucurés qui gloussent et parlent régime à longueur de journée. Elles me disent : « Tu as de la chance, Émilie, tu es super mince. » J'ai envie de leur répondre, et encore je viens d'accoucher, et encore vous ne m'avez pas vue avant ma grossesse, quand j'étais à la rue, quand je n'avais rien à bouffer. Mon estomac a dû rétrécir au passage. J'ai l'impression que je vais tomber à chaque instant, et je suis la première à m'étonner d'être encore debout.

Ça me fait du bien de sortir, de contempler le ciel, la mer. Je pensais qu'il y aurait des baies vitrées à la thalasso, que je pourrais apercevoir la plage, laisser mon regard s'échapper, un peu comme sur un paquebot à travers les hublots. Au contraire, il y fait assez sombre, à part quelques puits de lumière tamisée ou celle plus crue de néons roses et bleus. C'est très calme. Un silence qui ne heurte pas ma peine, une sorte de douceur ambiante. Excepté les bruits d'eau, les pas feutrés des sandales en plastique et les appels inlassables. « Bains jets de 10 h 30 », « Piscine jets lombaires de 10 h 45 », « Mademoiselle Renault, mademoiselle Renault ? ». Quelquefois deux copines rient, complices. Mais c'est rare, et pourtant tous ces gens sont censés se détendre, ils sont peu nombreux à réellement avoir des problèmes de santé. La plupart ont juste peur de vieillir, mais ce n'est pas une maladie que je sache. J'ignore pourquoi ils s'obstinent à vouloir rester jeunes, à quoi bon s'accrocher comme ça ?

Quand je sors, épuisée, sentant l'algue reconstituée et l'eau de mer javellisée, je vais prendre un bol d'air. Je rentre au foyer, juste pour dormir. Coralie, ma voisine de chambre, est apprentie à la laiterie. « À nous deux on pourrait fabriquer du beurre salé. » C'est une brave fille, mais je n'ai pas le cœur à rire. Ni même à pleurer. Je n'en ai plus, c'est bien simple, je l'ai arraché et lancé le plus loin possible.

Voilà une semaine que Léa a disparu. Ma gorge est définitivement nouée. Je suis un automate. Je ne sais pas où je puise l'énergie pour donner l'illusion d'être à ce que je fais. Pendant les cours théoriques (sur le corps humain, la thalassothérapie et ses bienfaits), je garde les yeux ouverts, mais je n'entends rien. Je suis hermétique.

Le jardinier a encore accompli des merveilles cette année. Le parterre regorge de pensées, de primevères, de narcisses, de crocus de toutes les couleurs. Le cognassier du Japon est en fleur. Les forsythias et les camélias, aussi. Je m'installe avec toi au soleil sur une couverture en laine que j'ai recouverte d'un drap pour que ce soit plus doux, plus propre. Nous regardons le ciel, allongées sur le dos. Je te raconte les nuages, leur course folle, leurs formes imaginaires dans la brise légère.

Je ne voulais pas rester à Paris, je ne pouvais plus voir l'appartement en peinture, j'avais l'impression d'y être enfermée à cause de ce plafond si bas ; et puis j'ai fini par condamner la chambre d'enfant, je ne pouvais me résoudre à t'y laisser dormir, tout m'y rappelait mon petit garçon. J'ai prétexté la fatigue, la pollution, j'ai demandé à maman de me prêter la maison de Malval, précisant que je voulais être seule. Elle a trouvé que c'était une bonne idée, que l'air de la campagne nous ferait du bien. Elle m'y a conduite avant de rejoindre son amie Hélène qui a, elle aussi, une « maison de famille », à Aigurande, à quelques kilomètres d'ici.

Je me revois, enfant, poussant mes poupons dans la brouette, pour aller pique-niquer sur l'herbe épaisse. Au menu, vers de terre, escargots, pissenlits, mais aussi dahlias, glaïeuls, lys et pois de senteur prélevés dans les plates-bandes. Mon frère partait à la chasse, rapportait des oiseaux morts, des lézards, des taupes écrabouillées à la pelle. Nos grands-parents nous accueillaient chaque été dans cette grande demeure. Nous venions pour le 15 août, allions nous baigner dans les rivières et les lacs. Je profitais des câlins de ma grand-mère que j'aimais tant, et ma mère me rabrouait en me disant d'arrêter de faire le bébé.

Avant de partir dans la Creuse, maman a insisté pour organiser un goûter pour présenter sa petite-fille, je n'ai pas osé refuser. Elle s'est occupée de tout. C'était une sorte d'après-midi portes ouvertes. Je ne connaissais pas la moitié des personnes invitées. Je me répétais : « Mais que font tous ces gens chez moi ? » Ça n'en finissait pas. Je me suis retenue pour ne pas les mettre à la porte. Il y avait deux grands absents : mon père et mon frère. Papa était venu le matin. Il avait l'air vraiment heureux quand il a pris la petite dans ses bras. J'en étais presque gênée, j'aurais voulu le détromper. Mon grand frère vit au bout du monde, il est parti après ses études. Il paraît qu'il a deux filles métisses, je ne les ai jamais vues. Il me manque parfois. La famille a volé en éclats depuis longtemps. Nous sommes étrangers les uns aux autres, nous l'avons toujours été.

Maman et Hélène se promènent dans la région, visitent des châteaux. Elles viennent voir si je ne manque de rien. Quand elles débarquent avec leur bonne humeur hystérique, leurs bavardages incessants, leurs chamailleries, je me réfugie dans mes appartements. J'ai pris la chambre la plus spacieuse, celle qui donne sur le jardin, l'étang, la campagne alentour. Tout est si calme lorsqu'elles ne sont pas là. Je me demande pourquoi j'ai vécu à Paris durant toutes ces années. Ici le temps s'est arrêté, nous sommes enfin au diapason, lui et moi.

Chaque jour, je me promène avec le porte-bébé. Hier j'ai croisé la voisine. Elle m'a posé plein de questions que j'ai esquivées. Je l'ai vexée, je crois. Après nous sommes allées voir les vaches. L'une a meuglé, et la petite a presque sursauté. J'avais emmené le chien de maman pour me protéger des autres chiens, des gens aussi.

Le ciel vire au noir. Bientôt des gouttes tombent, pas le temps de rentrer la couverture. Je t'emmène à l'abri en courant. Je déteste le tonnerre. J'ai un peu la trouille dans cette maison immense au milieu de nulle part ou presque. Des champs à perte de vue, des vallons, quelques fermes disséminées. En face, le vieux clocher doit attirer les éclairs. Dans le petit cimetière reposent mes grands-parents ainsi que mes ancêtres du côté de ma mère depuis des générations.

Doucement s'endort la terre / Dans le soir tombant / Ferme vite tes paupières / Dors mon petit enfant.

L'orage tourne autour de la maison, cherche à y rentrer pour me punir. Dans le fauteuil à bascule, je te chante cette berceuse cosaque que j'aime tant. Je dois dominer ma terreur afin qu'elle ne contamine pas la petite.

Sur ton lit la lune pose / Ses rayons d'argent / Quand s'apaisent gens et choses / Dors mon tout petit enfant.

Mon lait coule encore, il ne tarit pas. Ça tombe bien, elle semble avoir une faim inextinguible. J'adore notre promiscuité, nos peaux collées, l'odeur du lait. Je ne me lasse pas de ce contact, et elle non plus, je crois. La voilà enfin rassasiée, mon téton encore dans la bouche, une goutte sur son nez.

Elle s'est endormie contre ma poitrine, petit crapaud de mon cœur, les jambes et les bras repliés sous elle. Elle me serre les doigts, elle a une telle force. Elle m'aime, j'en suis sûre. Elle m'aime, ça se voit. Elle me regarde souvent avec ce qui ressemble à un sourire : sa bouche si rose, mais aussi ses yeux bleu foncé pleins de tendresse.

Elle s'appelle Léa. C'était écrit dans les journaux que ma mère a rapportés. J'en ai fait un grand feu dans la cheminée. Hier, elles avaient allumé la télé pour connaître la météo, et la mère biologique est apparue. Elle suppliait qu'on lui rende sa fille. Ses cheveux étaient tirés, elle était toute pâle. Ils ne m'auront pas avec leur cinéma, je sais bien que tu étais destinée à la Ddass. Pour le moment, ils sont sur la piste d'une infirmière. Rien de sérieux. Des présomptions.

Avec Nathan, nous venions souvent ici au début de notre histoire, quand nous n'étions pas très argentés. Nous campions dans le jardin pour avoir plus d'intimité. Nous faisions de grandes promenades à vélo. J'avais du mal à le suivre, ça grimpe et ça descend sans cesse dans le coin. Je craignais déjà les chiens et les orages, mais il était avec moi. Qui veillera sur moi maintenant dans la nuit noire qui m'attend ?

J'ai mis de la musique, et nous dansons, dansons dans le salon. Nous sommes ensemble depuis dix jours maintenant, ça se fête. Vivre avec toi, m'occuper de toi est un bonheur de chaque instant. Pour ne pas tomber, j'ai roulé les tapis d'Aubusson effilochés. Je fais des entrechats sur le vieux plancher, qui grince à chaque pas. Tout tourne autour de nous. La table de bridge, le lustre rustique en fer forgé, les lampes en verre soufflé. La tapisserie avec ses scènes de chasse à courre, ses trous de souris de-ci, de-là, qui aurait bien besoin d'être restaurée. La console en marbre et la sculpture en jade de la danseuse orientale, le poêle en fonte. La desserte et ses dentelles jaunies, les trois fauteuils Louis XVI vert mousse, les coussins en taffetas mordoré. Les bouquets de fleurs du jardin que j'ai disposés un peu partout. Les livres reliés en cuir et les éditions de luxe aux couvertures dorées à l'or fin. Les flûtes à champagne ciselées, la timbale en argent de mamie gravée à son nom « Barbara Ytot », le service à thé en porcelaine de Limoges dans le vaisselier. Les portraits et gravures d'ancêtres dont je ne connais pas les noms. Une photo encadrée de mon frère et moi avec mes grands-parents, une des rares de cette époque – je devais avoir douze ans – où mon sourire n'est pas forcé. Je crois que je riais parce que papy était en train de me chatouiller. Tout ici me les rappelle, ces moments bénis de mon enfance. Ils étaient si gentils, se souciaient de moi, s'émerveillaient de tous mes faits et gestes.

Tout à l'heure je t'ai joué un morceau de piano et ça a eu l'air de te plaire, tu es mélomane. Tu es attentive à tout ce qui se passe, tu réagis au moindre bruit. Le chien aboie de temps à autre, il fait des sortes de pirouettes autour de nous. Tu adores que je te fasse danser. Je ne vais pas trop vite, mais je suis déjà essoufflée. Je chante en même temps, jusqu'à m'époumoner, et tu aimes ça que je chante, encore plus que la musique.

On sonne à la porte. Je m'arrête une seconde, je suis tout étourdie.

– J'arrive, j'arrive…

Je baisse la musique, j'entrouvre les lourds rideaux en velours décolorés par le soleil et je vois des gendarmes, des fourgons, des gens du village attroupés dans la cour. Je m'éloigne aussitôt des fenêtres. Je t'emmène à l'étage. Sans précipitation aucune, je ne veux pas t'affoler.

On sonne de nouveau, on toque. Je ne suis pas une criminelle.

Qu'est-ce que j'ai fait ? Je te pose dans ton couffin, te borde, mon bébé, je ne veux pas que tu prennes froid. Je t'embrasse les lèvres, c'est un baiser d'adieu. Je ne serai pas là pour suivre tes progrès, je ne te verrai ni marcher ni parler. Je te donne mon gri-gri rapporté du Japon. Je te laisse dans les bras de Jizô. Qu'il te protège. Il te sera plus utile qu'à moi.

Je monte au troisième étage. Je t'entends pleurer, c'est normal, je ne suis plus là. J'ouvre les volets. J'enjambe la rambarde du balcon. J'aperçois les voitures bleues planquées derrière la maison, sans doute au cas où je m'enfuirais par la petite porte. Je ferme les yeux. Camille, comme tu es beau !

Après mes larmes / la plénitude / de mon souffle blanc.

– Alors, avant tu habitais à Paris ? Tu as de la famille par ici ?

Je m'étais endormie sur le sable, au soleil, grisée par la nouvelle, la bonne nouvelle, et ce garçon m'a réveillée. Un peu plus, et les vagues me recouvraient. Il m'a expliqué le plus sérieusement du monde le fonctionnement des marées. Je n'avais rien remarqué. Je faisais un si beau rêve. C'était l'été, ou du moins ça y ressemblait. Au creux de mes jambes était blottie une sorte de poupée de chiffon toute blanche, sans visage. Léa. Qui d'autre ? Dans ce rêve, je n'étais plus effrayée, ce n'était plus insurmontable. J'étais une très jeune maman avec son bébé, quasiment à la rue, avec un père inconnu au bataillon. Cela paraissait si simple, si clair.

– Oui. J'ai une fille, mais elle ne vit pas avec moi... Elle s'appelle Léa... C'est compliqué, je n'ai pas trop envie d'en parler.

Pourquoi lui avoir répondu ça, alors qu'il n'attendait plus de réponse ? Je me sens ridicule. Il me demande si je suis étudiante. Je lui réponds que je suis une formation à la thalasso, et il a l'air impressionné, c'est un secteur porteur d'après lui.

– Moi, j'ai un CAP de menuiserie. L'hiver surtout, je travaille sur des chantiers de construction de bateaux. En fait, je change souvent, ça dépend de ce qu'on me propose. L'été, je file des cours de planche, de kayak. Je pourrai t'en donner si ça t'intéresse, des gratuits.

Je ne dis rien. J'ai du mal à être là. Léa a été retrouvée, il n'y a que ça qui compte. Je me suis remise à respirer, mon cœur à battre. Je l'ai su par la radio, on n'a pas pris la peine de m'appeler, mais qu'importe, elle va bien, Mme Blanchot me l'a confirmé. Je voulais aller la voir tout de suite, mais elle me l'a déconseillé, pour ne pas dire interdit. Elle pense que c'est déjà suffisamment compliqué pour une si petite fille et qu'il faut aller de l'avant maintenant, préparer son arrivée dans sa famille d'accueil.

Il s'appelle Titouan, c'est un prénom que j'aime bien. On croit que c'est breton, mais c'est provençal, m'a-t-il précisé. Le serveur, Sergio, est un de ses copains. Il y a une bonne ambiance dans ce pub, beaucoup de jeunes. C'est la première fois que je mets les pieds dans la vieille ville. Ses ruelles pavées, ses boutiques de souvenirs. Les bols avec les prénoms, les poupées folkloriques, les fées et les lutins, les corsaires. Titouan n'est pas vraiment mignon, pourtant sa tête me plaît avec son visage coupé au couteau, ses joues creusées, ses grands yeux quasi translucides et ses mèches blondes presque blanches dans tous les sens.

– Et tu as une photo de ta fille ?

Je sors celle qui a servi pour les recherches. Je n'en ai pas d'autre et pour cause.

– Elle est mignonne comme tout.

Il regarde plus attentivement, comme hypnotisé. Il se racle la gorge, un peu gêné.

– Il est marrant ce pompon.

Tout en disant ça, il déplie son journal. Évidemment que c'est le même bonnet, c'est la même petite fille.

– C'est ton bébé ? me demande-t-il en me montrant Léa imprimée sur du mauvais papier, toute pixellisée.

Mon menton tremble.

– Ça a dû être horrible pour toi… C'est quand même extraordinaire que je te rencontre aujourd'hui ! Mais pourquoi tu n'es pas là-bas ?

Je commence à pleurer, je ne peux plus m'arrêter.

– Excuse-moi, je suis trop con.

Il tend la main vers moi. Je me lève d'un bond, prends mes jambes à mon cou. Et comme il me rattrape, je le repousse avec force. J'ai mis dans mon geste toute ma colère et ma détresse. Il se retrouve au sol, les yeux effarés.

Je cours jusqu'au foyer, ça fait une trotte. Je me couche tout habillée. Coralie m'observe sans rien dire et se pelotonne sous ses draps. J'attrape ma boîte de cachets, j'en avale beaucoup, trop. Je voudrais dormir des centaines d'années. Pour calmer mon cœur en fusion, mon cœur liquide incandescent.

Le soleil par les fenêtres me crame les yeux. Ma tête est pleine de pierres. Je jette un œil sur ma montre. Il est midi, bien trop tard pour aller travailler. Et voilà j'ai encore tout raté, une fois de plus. J'essaie de me lever, mais tout tangue autour de moi. Je n'ai pas le temps d'aller jusqu'à la salle de bains qu'un jet de bile jaillit de ma bouche.

Je cherche partout les papiers, les papiers de l'hôpital. Je mets tout sens dessus dessous. Tu m'as sauvée. Grâce à toi, je suis sortie de l'ornière dans laquelle j'étais tombée. Je t'aime et tu me manques. Je suis peut-être capable de t'aimer après tout, de m'occuper de toi, ça ne doit pas être si difficile. Il souffle un vent glacial aujourd'hui. J'entre dans la cabine en face du magasin de jouets et de cerfs-volants. Mme Blanchot n'a pas l'air très contente de m'avoir au téléphone, manifestement je la dérange. Je lui explique que j'ai changé d'avis, que c'est sérieux, qu'il s'agit de ma fille. J'essaie de rester calme, le plus calme possible. Je joue ma vie, j'en ai conscience, comme jamais. Je tremble de la tête aux pieds. Elle pense que c'est le contrecoup, que j'ai pris la bonne décision, nous en avons longuement discuté, suffisamment, trop, mais qu'est-ce qu'elle en sait d'abord de ce qui est bon pour moi ! Elle est tellement condescendante. Je tape du pied, le front collé contre la vitre. Je lui demande de me donner une seconde chance :

– Dites-moi au moins si Léa a déjà trouvé une famille. C'est tout ce que je veux savoir.

Après un silence interminable, elle finit par lâcher :

– Non, pas encore, mais…

– C'est absurde, je peux lui donner une maman, sa maman. Je vous en supplie.

Si elle s'y oppose, je rencontrerai ses supérieurs. Je consulterai un avocat ou des associations, s'il le faut. Oui, je veux la reprendre. J'ai changé d'avis. J'ai changé d'avis.

– Voilà ton blouson.

– Merci. Tu me sauves d'une mort certaine. Je suis sincèrement désolée.

– C'est bon, tu es toute pardonnée.

Je ne pensais pas qu'il viendrait. Il n'est pas fâché contre moi, c'est miraculeux. Nous nous promenons sur les remparts qui font le tour de la vieille ville. Il crachine. La mer est verte et démontée.

– Alors là, tu vois, l'île, c'est le Grand-Bé. Et celle derrière, avec le fort, c'est le Petit-Bé.

– Pourquoi il y a un plongeoir au milieu de l'eau ?

Titouan se marre :

– C'est une piscine, enfin une retenue de mer. Faudra revenir à marée basse, tu comprendras mieux.

Je suis excitée et en même temps j'ai encore si peur, que ça capote, que quelque chose foire. Plusieurs fois par jour, j'ai des bouffées d'angoisse. Dans ces cas-là, je me balance en joignant les mains. « Je dois m'en sortir, je dois m'en sortir. » C'est une injonction. Je n'ai pas d'autre choix maintenant.

Le sourire de Titouan me donne du courage. Je lui dis que je monte à Paris demain, que je vais retrouver Léa. Je ne veux pas lui fournir plus d'explications. Tant de mots attendent, agrippés à mon palais, ma langue mutilée frétille, s'agite. Ce n'est pas bon de garder tout ça pour moi, je le sais, ça risque de pourrir, de moisir. Un jour, peut-être… Pour l'instant, j'en suis incapable.

– Le principal, c'est que ça se finisse bien, me dit-il.

Moi, je pense que c'est plutôt le début de quelque chose. Et comme il ne tente rien, je l'embrasse sur les lèvres. Parce que j'en ai besoin et envie, et aussi pour me faire pardonner, je ne connais pas d'autre moyen. Il me regarde, étonné.

Il habite une studette avec un coin cuisine, un bar à l'américaine, un canapé-lit, des poutres au plafond. C'est joliment arrangé pour une piaule de garçon. Aux murs, il y a des reproductions de bandes dessinées.

– Tu veux boire quelque chose ? Une bière, un chocolat chaud ou un café. Je n'ai pas de thé, par contre.

– On verra ça après.

J'enlève mon tee-shirt.

– Je te préviens, me lance-t-il, j'ai une méchante cicatrice.

– Montre.

Je le vois qui hésite. Il préfère qu'on éteigne les lumières.

– Pas question !

– Bon, tu l'auras voulu.

– Moi, je trouve ça beau.

Je caresse son ventre zébré en relief comme une couture apparente. Il frissonne. Je lui prends les mains, les pose sur mes seins. Je dois l'aider, il n'ose pas, ou ne sait pas, c'est la même chose. Nous sommes tous les deux en jean, torse nu. On se croirait dans une pub pour Levi's. Je lui dis, et ça le fait rire. Nous nous embrassons encore, de plus en plus fort. Je me laisse tomber sur la moquette et l'entraîne dans ma chute. Je n'ai pas envie d'attendre. Je déboutonne son pantalon, le guide vers ma fente. Je me balance au-dessus de lui. Il me caresse la poitrine, les yeux fermés, comme un aveugle. Quand c'est fini, il me demande pardon.

– Pardon de quoi ?

– C'était la première fois.

À vrai dire, je m'en étais doutée.

Mme Blanchot la met dans mes bras. Mon cœur bat si fort.

– Je peux vous laisser ? Ça va aller ?

Je hoche la tête. Elle referme doucement la porte. Je respire ses cheveux, reconnais son odeur de mûre sauvage. Elle me serre les doigts. Sur son poignet, un bracelet en plastique : Léa, Léa Guénaud.

Je me suis allongée. Je n'ai plus la force de rester assise. Je la pose sur mon cou. Elle me mange le visage, me tète le nez, me lèche les joues, comme si elle voulait m'embrasser. Ça me fait rire. Je me relève, l'amène près de la fenêtre. La chambre ouvre sur le parc. Les cerisiers sont en fleur. Je lui dis que je vais l'emmener voir la mer. On dirait qu'elle me sourit.

– Bonjour, je suis Véra, l'auxiliaire puéricultrice.

– Je me souviens de vous.

– On va lui donner son bain, dit-elle, troublée. Je vais vous montrer.

C'est la première fois que je la vois nue. Quand elle est sortie de mon ventre, je l'ai à peine regardée.

Elle est toute petite sans sa couche. Son cordon est tombé, son nombril est cicatrisé. Elle a pris un centimètre et cinq cents grammes. Je l'examine attentivement, je veux vérifier par moi-même. Elle n'a aucune trace de quoi que ce soit, ni bleus ni égratignures. Ce monstre l'a bien traitée. On m'a dit qu'elle avait tenté de se suicider, qu'elle était entre la vie et la mort.

– Alors, il faut la tenir comme ça, fermement. Vous voyez, sous la tête et les fesses, et de l'autre main vous la savonnez. Bien partout, et aussi dans les plis. Vous voulez essayer ?

C'est si doux ta peau. Tu es contente. Tu gigotes dans l'eau, m'éclabousses. Tu as un peu changé, mais je t'aurais reconnue entre mille, je crois. Tu es ma fille.

– Émilie, tu viens t'en griller une avec moi ? me demande Zoé.

– Je t'ai déjà dit que je ne fumais pas.

– J'arrive pas à me le mettre en tête.

Je ne réponds même pas, enfile un gilet sur mon uniforme. Je monte les deux escaliers en courant, pousse la porte de la garderie. C'est un vrai labyrinthe là-dedans. Les premiers jours, les curistes ont l'air perdus, et je l'ai été aussi, malgré la signalétique en lettres lumineuses. De toute façon, les premiers jours, je n'ai rien vu. Je faisais les choses mécaniquement, à l'aveuglette. Après, j'ai pu ouvrir les yeux et respirer de nouveau. Comme si toutes mes fonctions vitales avaient été réactivées. Non, je n'avais pas remarqué combien c'était chic. L'entrée du Grand Hôtel avec ses portes tournantes, le groom et le voiturier en uniforme. Même à Paris je n'avais jamais vu ça. Les moulures au plafond. Les lustres en cristal. Le piano laqué blanc dans le bar vitré, avec vue sur la mer, la carte trois étoiles du restaurant. Les mini-serviettes pour s'essuyer les mains dans les toilettes. La boutique avec les maillots de bain si élégants, si chers.

À ma grande surprise, après cinq semaines de formation, j'ai été embauchée en CDD. Malgré mes absences, mon piercing, mon tatouage. Apparemment ça ne gêne pas la direction, pourvu que je sourie, que je sois efficace, que je respecte mon planning. Les gestes, le coup de main, la méthodologie, ça va, mais il m'a fallu apprendre à bien parler, à adopter le langage, le ton, le vocabulaire appropriés. À me montrer attentive, prévenante.

Titouan m'envoie un texto : « Tu me manques. Je viens vous chercher après ton travail. » Je crois bien qu'il est amoureux de moi, je le lis dans ses yeux, sur son visage. Quelquefois j'ai peur que ça s'arrête d'un coup, sa gentillesse, sa douceur, c'est tellement nouveau pour moi. Aimer, j'apprends aussi, ce n'est pas si dur.

Ma princesse s'agite en me voyant arriver. Je m'assois par terre, adossée aux gros poufs. Léa est la plus petite. Les autres sont des enfants de curistes, à part Kevin, le bébé de Hamida, qui a déjà deux ans. Ils ont fait une sorte d'exception pour moi en attendant que je trouve une autre solution. J'ai de la chance, Laetitia et Sylvie adorent Léa. Elles sont aux petits soins pour elle. Mais comme ça leur procure plus de travail, j'accours pour m'occuper d'elle dès que j'ai un battement. Je lui donne son biberon, qu'elle aime à température ambiante, au moins, elle ne risque pas de se brûler. Elle a perdu quelques cheveux. Ses yeux ont l'air de se décider à rester bleus, ils virent au mauve au soleil.

À l'hôpital, ils ont vite vu que tout se passait bien entre nous. On a mis les papiers au point et je suis repartie au bout de deux jours, mon bébé et des tonnes de cadeaux dans les bras. C'était assez inattendu. Mme Blanchot, Véra, les deux sages-femmes, l'anesthésiste, Florence du foyer, et même l'inspecteur m'ont offert des peluches, des vêtements, des livres pour le bain. Plus une enveloppe de la part du directeur. Peut-être pour que je ne porte pas plainte. Ça aurait été bizarre de le faire dans ma situation, non ? De toute façon je n'allais pas cracher sur cet argent, j'en ai besoin pour nous installer correctement. En me donnant son paquet, Mme Blanchot était émue jusqu'aux larmes. Elle avait tricoté une brassière vert pâle où elle avait brodé « Léa » en violet. Je me suis étonnée qu'elle l'ait finie si vite. Elle m'a répondu qu'elle l'avait commencée le jour où la petite avait disparu. Qu'elle s'était juré de la lui offrir si on la retrouvait. « Et sinon qu'auriez-vous fait ? ai-je demandé. – Je n'ai pas envisagé cette possibilité. Cette enfant était sous ma responsabilité quand c'est arrivé, je ne me le serais jamais pardonné. »

Au foyer, ils m'ont attribué un studio plus grand pour nous deux. Je vais être aidée, on va me proposer un appartement. Je ne pensais pas que ce serait possible. Mais je veux travailler, m'en sortir par moi-même. Je suis répertoriée par les services sociaux. C'est une bonne et une mauvaise chose. Je sais qu'ils m'ont à l'œil, qu'ils guettent un faux pas de ma part. Je me tiens à carreau. Maintenant nous sommes ensemble, ma fille et moi, il n'y a que ça qui compte. La vie comme elle peut être quand elle est jolie, je ne savais pas, la vie comme elle bat.

II

– Madame Ytot ? Madame Ytot ?

Je mets un moment à réagir.

On dirait une cabine de bateau avec ces lambris en bois blanc, ces tableaux ovales et maritimes. Une grande brune énergique et douce applique la boue chaude sur mon corps nu. Elle porte un tablier imperméabilisé pour se protéger des éclaboussures. Ce n'est pas désagréable, mais c'est très étrange, le contact d'une autre main sur mon épiderme.

– Tournez-vous. Allongez-vous. Ouvrez vos paumes.

Ça me gêne qu'on s'occupe de moi, c'est la première fois que je vais dans ce genre d'endroit. Elle m'emballe dans du film transparent comme si j'étais une tranche de jambon, remonte une bâche jusqu'à mon menton. Me voilà momifiée. Quand je lui demande combien de temps ça va durer, elle me répond vingt minutes et me précise qu'elle reviendra dans dix pour voir si tout va bien.

– Pourquoi ça n'irait pas ?

À peine a-t-elle baissé la lumière, lancé la musique d'ambiance où je crois reconnaître successivement la pluie, les vagues, des cascades et pour finir des chants de baleine, que je me sens mal. J'ai l'impression d'être dans un cercueil, un sarcophage. Dans une camisole, sur une table d'opération. Comme lorsque j'étais immobilisée avec une perfusion et des plâtres partout – jambe droite brisée, clavicule et bras cassés, sans parler du traumatisme crânien. Ils m'avaient presque tondue pour soigner les plaies sur mon cuir chevelu. Nathan m'a raconté après que seuls mes yeux bougeaient. Que j'avais l'air terrorisée. Et en effet, je l'étais. La mort m'avait rejetée après avoir longuement hésité. Deux semaines plongée dans un coma profond. Je ne la méritais pas, ne méritais pas de rejoindre mes anges. C'est toujours dans mes projets, je n'y ai pas renoncé, la prochaine fois sera la bonne. J'ai dans mon sac à main de quoi m'envoyer dans l'autre monde.

Je malaxe la crème d'algues entre mes doigts, ça me rassure un peu. Elle a déjà tiédi.

Je n'ai pas revu ma mère. Elle a juste attendu que je sois tirée d'affaire, que je ne sois plus en danger pour s'éloigner. La coupe était pleine, je la comprends. Nathan a pris le relais. Il m'a donné la becquée, m'a aidée à remarcher. Il a été si gentil avec moi. Comme s'il m'avait pardonné. Tout. Il m'aime encore un peu, il faut croire.

Je n'ose pas bouger, mais ça commence à me démanger partout. Je dois essayer de me détendre, je suis là pour ça. C'est faux. Je me suis inscrite sous le nom de ma grand-mère pour quinze jours de thalasso. Offerts par Nathan afin que je continue à me retaper, c'est moi qui le lui ai suggéré. Il ne sait pas que je suis à Saint-Malo. Cité interdite, ainsi que tout le département. Je ne m'en suis pas trop mal tirée : cinq ans de prison avec sursis et une obligation de soins. J'ai passé six mois à l'hôpital psychiatrique, puis trois mois dans une maison de repos. C'est long, mais pas assez, j'y serais bien restée encore des années. Ça aurait été plus sage. Je n'étais pas prête, pas encore.

Dix minutes doivent bien s'être écoulées. Je n'en peux plus. Mon corps lentement s'asphyxie. J'appelle doucement, puis de plus en plus fort. Je repousse la bâche, arrache le plastique fin. Je suis couverte de boue. Je m'assois et je pleure. Je me sens tellement ridicule. Je suis une incapable, incapable de me faire du bien.

– Qu'est-ce qui se passe ? s'inquiète la jeune femme en me découvrant grelottante.

– Je… suis un peu claustrophobe.

– Il fallait nous prévenir.

– J'ai essayé.

– Je suis désolée… Vous auriez dû nous le signaler, on aurait prévu quelque chose de moins long. Je vais vous rincer tout de suite.

Elle règle la température de la douche. Trop froide à mon goût. Je n'ose rien dire. La boue, comme de la vase, dégouline sur le sol en rigoles verdâtres.

– Un peu d'eau fraîche sur les jambes pour éviter le retour veineux ?

Je hoche la tête, me mords les lèvres. Elles doivent être bleues et glacées, je les cache à l'intérieur de ma bouche, il y fait plus chaud, je ne suis pas tout à fait morte.

Je trottine jusqu'à l'autre bout du couloir, j'essaie de ne pas me perdre. Je croise mes comparses, cohorte de fantômes en blanc (peignoir, serviette, sac plastique estampillé à l'effigie du lieu). Je prends place au milieu de six femmes et trois hommes d'un certain âge. Chacun tient son planning à la main, qu'il consulte fébrilement. En aucun cas, il ne faut rater l'appel. Les gens n'en finissent pas d'attendre, même si ce ne sont jamais les mêmes. Malgré les fauteuils en rotin, les panneaux de bois clair, les briquettes rosées, les galets incrustés, les bouquets d'hortensias, toujours cette drôle d'atmosphère médicale et le silence, palpable, presque oppressant.

Une jeune femme avec des tresses africaines me demande de me déshabiller. Je m'emmaillote dans la cape qu'elle m'a donnée. La salle est carrelée de blanc avec quelques taches turquoise. Il y a des tuyaux partout. Tout est très propre. Encore une fois, aucune fenêtre. J'ai l'impression d'être une souris dans un laboratoire. Je m'assois sur la grande table bleue en plastique. Je ne réfléchis pas. Je fais ce qu'on me dit. Elle brandit un jet vers moi, tandis que je lui présente tour à tour différentes parties de mon anatomie. Elle ne parle pas très fort, je suis obligée de lui faire répéter ses indications. Comment entendre quoi que ce soit avec ces litres d'eau qui s'abattent sur mon corps ? Va-t-il tenir longtemps comme ça sans que mes chairs se détachent des os, sans que ma peau parte en lambeaux, laissant mon squelette luisant, presque transparent ? Elle réduit enfin la pression. J'ai peur de finir pulvérisée, de partir en poussière avec l'eau sur le sol. Je ne pense à rien, c'est l'essentiel.

Je marche sur la grève. Cherche des preuves de mon existence. Mes traces de pas dans le sable où mes pieds s'enfoncent légèrement. Mon ombre sombre sur le sol doré, plus fine que dans mes souvenirs. Autrefois j'étais une bonne vivante. Mes joues ont fondu, mes fossettes, disparu. Mais l'une d'elles, la gauche, fait sa timide réapparition.

Mes cheveux roux dans la figure. Ils ont repoussé. Je les ai teints pour changer. Je suis une autre, ou du moins c'est ce que je ressens, étrangère à moi-même. C'est tout ce que je demande.

Les bruits sont amplifiés et assourdis à la fois. La plage si longue leur donne une caisse de résonance tandis que la mer semble les absorber. Si je ferme les yeux : le chuintement de mes pas, le son mat d'un ballon qui touche le sol, le cliquetis des poussettes qui roulent. Les rires. Le grondement d'un bateau au loin, et celui d'un avion. Le clapotis d'une mère et de son enfant qui s'ébrouent dans une petite mare. Dans ma main, je dépiaute une à une les tiges d'un bouquet d'algues brunes. Ça fait un bruit sec, comme quand on se coupe les ongles.

Au loin, les oiseaux et la mer. La plage se vide et me laisse avec le bruit du vent et des vagues.

Nous avons fait le tour de la presqu'île. Dans l'anse, la mer s'était retirée, les bateaux étaient échoués, enfoncés dans le sable. L'été, on peut marcher longtemps en ayant toujours pied. Tout au bord, ça ressemble à des marais. Les gens sont de sortie aujourd'hui. Avec leurs enfants, leurs chiens. Ils ont emporté les pelles, les seaux, les râteaux. Nous avons croisé Fred, un copain d'enfance de Titouan. Moi, je ne me suis pas encore fait d'amies. Je m'entends bien avec les autres filles, là n'est pas le problème, mais je ne veux pas mélanger travail et vie privée. Je préfère que tout reste cloisonné, c'est mieux comme ça. Devant nous, deux îles. La première est accessible à marée basse. La seconde abrite des tas d'oiseaux. Des mouettes, des fous de Bassan, des goélands, des cormorans. Deux ados téméraires s'arrosent copieusement.

Ce midi, nous sommes allés manger une crêpe à Cancale pour fêter mon CDI. Titouan a porté un toast en mon honneur et Léa a crié de joie. Nous revenons de si loin toutes les deux. Mais je n'ai pas volé ma place, je me suis bien rattrapée. Titouan l'adore. Depuis le premier jour. Il s'occupe d'elle entre deux contrats, sinon c'est sa grand-mère, Marguerite. Plus elle grandit, plus je vois tout ce qu'il lui apporte, son énergie, son inventivité, sa fantaisie. Il a ça dans le sang.

J'aime nos dimanches quand nous nous retrouvons tous les trois ensemble. Le samedi, il y a toujours mille choses à faire, les choses de la vraie vie : lessives au lavomatic, courses au supermarché, courriers en tout genre, rendez-vous chez le médecin. Mon temps libre, je le passe sur la plage avec Léa. Quand il pleut ou qu'il y a trop de vent, nous restons bien au chaud à la maison. Nous improvisons de la musique avec des maracas, des tambourins et un xylophone. Je lui apprends à faire de la pâte à modeler, du dessin et même de la peinture. Je lui fabrique des cabanes en carton ou sous la table de la cuisine avec un drap. Nous jouons des heures et des heures avec trois fois rien. Nous avons un deux-pièces qui donne sur le bassin Duguay-Trouin. Nous lui avons laissé la chambre. Notre matelas fait office de lit, de tapis de jeux. Je lui lis des petits livres cartonnés, plastifiés, en tissu.

Léa se dirige vers les rochers. J'adore sa façon de marcher. Elle vacille à chaque pas, mais elle tient bon, vaillant petit soldat. Nous la suivons, munis d'épuisettes. Titouan essaie de lui attraper des crabes et des crevettes transparentes. À chaque fois, elle s'exclame « Oh ! » et « Encore ! » en battant des mains.

Des moments comme ça, il y en a plein depuis que je suis avec Léa, depuis que Titouan fait partie de ma vie. Je n'ai jamais été aussi heureuse. Comme si enfin je voyais la lumière.

Il gèle dans ce bar. Je suis devenue si frileuse. À la thalasso, je n'arrête pas de grelotter. J'ignore comment font les autres, mon peignoir est toujours mouillé et mes cheveux longs n'arrangent rien. On m'a pourtant assuré que je pouvais en changer autant de fois que je le voulais. Je n'ose pas, ne tiens pas à me faire remarquer. Tout le monde est gentil avec moi, comme si j'étais une grande malade. C'est sans doute l'impression que je donne. J'ai toujours froid, je ne sais pas pourquoi, avant je n'étais pas comme ça. Malade, c'est ce que je suis, un peu, en convalescence du moins. Je boite très légèrement. Je crois que je suis la seule à m'en rendre compte. Ça fait seulement un mois que je n'ai plus besoin de mes béquilles.

J'avais le souvenir d'une ambiance plus chaleureuse, de musique, même mauvaise, de chauffage, quand j'étais venue dans ce bar avec Nathan, mais il y a si longtemps. On n'entend aujourd'hui que le ronronnement glacial des réfrigérateurs ou de la climatisation. Le grincement des pas du serveur sur le parquet. Avec sa chemise blanche et son tablier rouge, il tourne comme un lion en cage.

Ces litres et ces litres d'eau m'épuisent. Les trois premiers jours, j'ai dormi tout l'après-midi. J'avais pourtant prévu de visiter la côte en voiture. Nous avions passé quelques jours ici, nous n'avions pas vingt ans. De jeunes amoureux dormant sous la tente inondée au camping de Saint-Servan. C'étaient nos premières vacances. Nous n'avions même pas découvert la plage du Sillon, comment avions-nous fait ? Je me souviens d'un chili con carne en boîte qui nous avait rendus malades comme des chiens. D'un salon de thé où nous étions restés tout l'après-midi à choisir les prénoms de nos futurs enfants. Après nous étions allés les crier sur la jetée. Nous n'étions ensemble que depuis un mois, peut-être deux. Je préfère ne pas y penser. Je ne suis pas nostalgique. Je n'aimerais pas revenir en arrière pour tout l'or du monde. Et pourtant, Dieu sait combien nous nous aimions. Nous étions si fiers de cet amour, il nous semblait si grand.

Nous étions venus en train. Du camping, nous marchions jusqu'à l'intra-muros en passant par l'anse des Bas-Sablons en forme de coquillage, avec ses pavés mélancoliques et ses lampadaires bleu canard d'un autre temps. C'était il y a seize ans. Nous passions devant la piscine, coupions par les parkings de la gare maritime d'où partent les ferries pour Jersey, Portsmouth et Guernesey. Un soir, je t'avais entraîné dans la boîte de nuit du casino. Tu m'avais regardée danser. Tous les yeux étaient braqués sur moi, enfin c'est ce que tu m'avais raconté. Les autres hommes n'existaient même pas, et je crois qu'il en était de même pour toi avec les femmes. C'était un amour absolu, exclusif. J'étais si sûre de notre bonheur présent et à venir.

Des ardoises accrochées au-dessus du bar proposent à la craie des rhums au gingembre, à la vanille et au café. Un peu trop tôt pour cela. De toute façon, je ne vais pas m'éterniser. Un monsieur d'un certain âge lit *L'Équipe* en face de moi. Je n'aime pas son regard, ne supporte plus les yeux des hommes sur moi. Je me sens oppressée. J'ai déjà du mal à rester enfermée à la thalasso toute la matinée. Je dors la fenêtre ouverte. L'autre soir, je me suis même assoupie dans le fauteuil sur le balcon, et quand je me suis réveillée, j'avais plein d'étoiles au-dessus de la tête.

Je rêve souvent d'elle, pratiquement toutes les nuits. Et le matin, je n'ai plus de bébé à serrer dans mes bras. Comme si j'étais incomplète, comme si j'avais été amputée d'une partie de moi, la plus belle, la seule qui vaille le coup. Je veux te revoir, c'est juste ça. J'aurais voulu t'oublier, j'ai essayé, mais c'est impossible.

Il bruine. Les gens promènent leur chien ou leur parapluie. Il y a de la brume. La mer se fond dans le ciel, à moins que ce ne soit l'inverse. Les îlots, le fort au loin, le château prennent des allures de fantômes. Hier, en descendant sur la plage, on ne voyait même plus l'eau. J'ai avancé pieds nus, paupières closes. Le doux bruit des vagues me guidait, m'emplissait. Puis j'ai senti la morsure liquide sur ma peau.

Mon téléphone sonne. C'est Nathan qui s'inquiète pour moi.

– Et La Baule ? Ça te plaît ? Tu as eu le temps d'aller au Pouliguen ?

– Non pas encore… Pour l'instant, je suis un peu fatiguée.

– C'est vrai que tu as une petite voix. Tu veux que je te rejoigne ce week-end ? Je peux peut-être me libérer.

Ce n'est pas la peine, lui dis-je, il a sa vie.

– Tu sais que je suis là pour toi, m'assure-t-il.

Tu ne l'as pas toujours été. Où étais-tu quand j'ai commis cette folie ? La pluie s'intensifie. J'attrape une goutte avec ma langue.

– Ne te fais pas de souci. Tout va bien.

Je pose Léa dans son parc, l'installe au milieu de ses cubes en bois, avant d'aller ouvrir la porte. La grand-mère de Titouan est tout essoufflée, avec sa cargaison de purées du jour. Elle nous aide à sa manière. C'est vrai que ça nous arrange : les assiettes toutes prêtes, les petits pots industriels, ça coûte la peau des fesses et en plus c'est immonde. Je ne vois pas pourquoi Léa devrait avaler des trucs dont je ne supporte même pas l'odeur. Marguerite est un amour. Moi, je n'ai jamais connu mes grands-parents. Ma mère était une enfant de la Ddass et mon père est parti de chez lui à dix-sept ans. Les chiens ne font pas des chats.

Je range les pots dans le frigo. J'inscris au marqueur la date du jour. Ma mère n'a jamais acheté et encore moins épluché un légume de sa vie. « Trop chers », disait-elle. Elle ouvrait des boîtes à tire-larigot achetées dans les supermarchés discount. Rien que la présentation des denrées sur les palettes coupe l'appétit, le meilleur moyen de faire des économies. Le congélateur était bourré à craquer de surgelés. Préparer le repas signifiait mettre l'eau à bouillir ou appuyer sur la minuterie du four ou du micro-ondes. Mais on avait trois télés, la parabole, le bouquet de cent vingt chaînes, un lecteur DVD, une PlayStation et j'en passe. Maman passait des heures au téléphone et se payait très régulièrement une manucure ou des UV sous prétexte que nous ne partions pas au soleil.

Je n'ai jamais considéré ma mère comme quelqu'un de beau. Ni de bien. J'avais honte. De ses manières, son allure, sa façon de parler. J'avais honte de ma mère, et peur de mon père. Je me suis pris tant de raclées. Pour un oui pour un non. Je réfrénais mes insultes, ravalais mes larmes. J'ai longtemps fait de mon mieux pour que tout ça tienne. Pour que ça ressemble à quelque chose, notre famille. J'ai fini par jeter l'éponge, cela ne servait à rien.

Excepté Rémi, ils ne savent pas pour Léa, elle reste mon secret. Je ne veux pas de leurs sales pattes sur mon enfant. Ils n'ont rien fait pour moi, à part me donner une vie de misère, une vie de merde, pourquoi leur offrirais-je la joie d'être grands-parents ?

Marguerite revient dans la cuisine avec mon bébé sur la hanche. Quand elle rit, on ne voit même plus ses yeux en amande couleur mer, pareils à ceux de son petit-fils. Sa peau mate est comme un parchemin. Ses cheveux tout blancs sont tressés en une grande natte. Elle n'a pas cédé à cette affreuse mode qui consiste à se les couper, les friser, les teindre en bleu ou en violet dès qu'on a passé un certain âge.

Elle fait sauter Léa sur ses genoux. *Au pas, au trot, au galop*. Ça la fait rire. Je lui dis que Titouan fabrique un lit pour la petite pendant ses heures de pause au chantier. Je ne lui précise pas que Léa dort encore dans le nôtre une grande partie de la nuit. Elle demande souvent un biberon vers trois heures du matin, et se rendort entre nous. Je sais que c'est une mauvaise habitude, mais je n'ai pas la force de la remettre dans sa chambre, et puis j'aime la sentir près de moi. Quand mon réveil sonne, ils sont tous les deux si beaux avec leurs cheveux blonds mêlés, leurs visages tournés l'un vers l'autre que c'est vraiment dur de me lever. Je suis submergée à chaque fois par une vague de tendresse et de gratitude. J'ai envie de remercier… qui ? Je ne sais pas, qu'importe, pour tout ce bonheur. J'évite de faire du bruit afin de leur laisser encore quelques minutes de répit.

Avec Titouan, on s'est amusés à mettre des autocollants sur le papier peint tristounet. On s'équipe peu à peu. On essaie aussi de garder trois sous de côté en cas de pépin. On fait tout notre possible pour vivre décemment, élever Léa dignement. Comme tout le monde. Ou presque.

À la maison, je dormais dans le canapé-lit du salon. Il y avait trois chambres. Nous étions sept, le calcul était vite fait. Le soir, mes frères squattaient le séjour, sous prétexte que c'était là qu'il y avait le plus grand écran de la maison. Je me bouchais les oreilles. Ils me taquinaient et je les suppliais de me laisser dormir. Dans la nuit, j'émergeais au milieu des odeurs de bouffe, de bière et de tabac froid, des cartons de pizza et des canettes entassées sur la table basse. J'allais tout jeter à la poubelle, j'ouvrais les fenêtres en grand. Le matin, maman m'engueulait parce qu'il faisait froid. « On voit que c'est pas toi qui paies le chauffage ! » J'étais claquée, et inévitablement je ratais mes contrôles. Jusqu'à la quatrième, je ne m'en suis pas trop mal sortie, mais après… Comment se concentrer avec tout ce bruit, la télé allumée dans toutes les pièces, les musiques des uns et des autres, les engueulades, les pleurs des petits que maman « gardait », même si c'est un grand mot. Je ne pouvais pas m'isoler. J'ai fini par travailler avec des boules Quiès. Mes frangins s'amusaient à me faire sursauter, c'était devenu un jeu. Je me suis vite laissé déborder. Je ne pouvais pas suivre.

À la maison, c'était crasseux. J'avais beau essayer de rendre ça propre, ça ne tenait pas deux jours. Seuls l'entrée et le salon sauvaient les apparences. Le travail de maman en dépendait. Le matin, elle me réveillait en criant. En vingt minutes, tout devait être nettoyé pour ses petits clients et surtout pour leurs parents. Mes frères étaient des porcs, ils n'avaient aucune éducation, et pour cause ils n'en avaient pas reçue. Maman foutait les enfants devant la télé pendant qu'elle allait dormir ou s'abrutir devant la sienne dans sa chambre. S'ils ronchonnaient trop, elle leur filait des bonbons et on ne les entendait plus. En rentrant de l'école, je jouais un peu avec eux, câlinais les plus petits, changeais les couches. Ils me faisaient pitié avec leur ennui, leur nez crotté, leur bouche pleine de sucre. Je ne supportais pas de les voir pleurer trop longtemps. Les parents finissaient par se rendre compte que quelque chose ne tournait pas rond. Ce n'était pas grave, elle trouvait toujours de nouveaux pigeons. Elle savait faire bonne impression.

Je voyais bien que chez mes copines, même chez les moins fortunées qui vivaient comme nous dans des cages à lapins, les pères et les mères faisaient des efforts, se saignaient aux quatre veines. Les mères astiquaient, cuisinaient, faisaient réciter les leçons. Les pères ne passaient pas leur temps à ruminer ou brailler dans leur fauteuil. Les frères ne laissaient pas la porte des toilettes ouvertes, ne prenaient pas le sol ou la fenêtre pour une poubelle. C'est la vérité. C'est comme ça que c'était, et pas autrement. J'ai essayé de le raconter à Titouan, il a ouvert de grands yeux comme s'il ne me croyait pas, comme s'il ne pouvait pas recevoir ce que j'avais à lui dire. Alors j'y vais par petits bouts, je ne veux pas qu'il pense que je suis trop… Ce n'était pas rose, non. Ça ne l'a jamais été aussi loin que je m'en souvienne, si ce n'est sur quelques photos. Maintenant, tout va bien, je touche du bois, j'embrasse mon bébé sur les cheveux.

Marguerite me passe la main devant les yeux :

– Tu es bien rêveuse aujourd'hui… Et ton travail à toi, ça se passe comme tu veux ?

– Ça va. Je n'ai pas trop à me plaindre.

– En tout cas, ils en ont mis du temps à t'engager pour de bon, hein ? Y a pas à tortiller, pour vous les jeunes, c'est vraiment plus difficile. Nous, si on voulait travailler, on pouvait.

Marguerite exagère. Elle a bossé dur « dans les huîtres » jusqu'à il n'y a pas si longtemps, et ça ne devait pas être une partie de plaisir. Les Pennec travaillent dans le port de Cancale depuis plusieurs générations. Titouan n'a pas voulu reprendre le flambeau. En rigolant, il dit qu'il avait peur que ça fasse fuir les filles, les bottes dans la vase jusqu'aux genoux. Moi, quand je les vois arriver à l'arrière des tracteurs en salopette, avec leurs bras musclés et la cigarette au bec, je les trouve vraiment sexy. Ça l'énerve quand je dis ça, il est tellement jaloux.

Dans sa famille, à part Marguerite, ils ne sont pas très causants. Ça m'arrange, je n'ai pas trop envie de raconter ma vie. La honte m'a longtemps empêchée de vivre, elle s'enroulait autour de mon cou, m'étouffait. Je peux enfin me regarder dans la glace, et ce que je vois n'est pas si mal. Léa n'arrête pas de babiller en agrippant la manche de mon gilet dans ma cuisine, mon chez-moi, où je peux recevoir qui je veux, que je peux arranger à mon goût dans la mesure de nos moyens. Mettre de la musique ou profiter au contraire du silence et rester seule. L'intimité est un luxe que je peux aujourd'hui m'offrir.

Le soleil comme un rideau s'est enfin levé et révèle le gris-vert de l'eau. Les guirlandes de nuages. Les trouées de lumière sur le fort, de ciel transparent, légèrement jaunes, irréelles. La plage est réduite à une bande de sable mouillé. Depuis la salle du petit déjeuner, je regarde les promeneurs du mercredi, quelques joggeurs en caleçon, un surfeur téméraire, pas grand monde. Au-dessus, les goélands et les mouettes.

Une jeune femme entre avec son bébé. Il réussit presque à se tenir assis. Il doit avoir cinq, six mois, guère plus. Il n'arrête pas de gazouiller. Je suis bien obligée de partir, de m'arracher à la douceur du lieu. Je me sens si vieille, c'est une chose difficile à concevoir. Même si je le voulais, je ne peux plus avoir d'enfants. Après Camille, je n'ai pas eu mon retour de couches, quelle horrible expression ! J'aurais fait une bonne mère. J'ai vu comment ça se passait avec la petite. Merveilleusement. J'avais ça dans les gènes. J'avais d'autres rêves, bien sûr, mais je les ai oubliés.

Le jour de mes premières règles a signé mon arrêt de mort, du moins celui de mon enfance. Maman ne m'en avait pas encore parlé, c'était bien trop tôt, et de toute façon je ne pense pas qu'elle s'y serait risquée. Non, elle m'aurait donné un livre sur le sujet en m'invitant à l'étudier attentivement. Je ne savais pas ce qui m'arrivait. J'ai roulé mes culottes en boule sous mon lit, mis des mouchoirs en papier. Au bout de deux jours, je ne dormais plus, ne mangeais plus, je pensais être en train de mourir. Quand j'ai fini par le lui avouer, comme si j'avais commis un péché, elle a lancé, excédée, qu'il ne manquait plus que ça. Après, elle n'arrêtait pas de dire que j'étais grande maintenant, que je pouvais me débrouiller toute seule. Je n'avais que neuf ans.

D'où je suis, on voit Cézembre et tous les îlots. J'aperçois les pointes de Saint-Lunaire, Saint-Jacut, le cap Fréhel au loin. C'est l'heure – la mer finit de monter – des surfeurs et autres véliplanchistes.

Depuis toujours, elle paraissait débordée. Elle était tout le temps par monts et par vaux, et pourtant elle ne travaillait pas. Nous semblions de trop, moi, et mon frère aîné, parti tôt en pensionnat. Elle menaçait de m'envoyer le rejoindre. Je faisais comme si je ne comprenais pas, je cherchais sans relâche son attention. Je ne sais pas pourquoi elle a voulu des enfants. Et dire qu'elle a remis ça après mon frère. Pour avoir le modèle fille, la panoplie complète. Elle s'était trompée de siècle. Comment courir avec tout ça sur le dos, ces robes d'un autre temps ? Elle a détesté me voir grandir, elle l'a à peine caché. Je n'ai jamais tenté de lui voler la vedette, au contraire je m'efforçais de m'effacer le plus possible. Je la trouvais si belle, si élégante, même si son cœur était souvent un silex tranchant.

Les vagues lèchent la digue, elles passeront bientôt par-dessus. Il paraît qu'un marcheur imprudent s'est déjà fait emporter par les flots.

Je n'arrive pas à suivre. J'ai menti sur mon dossier, raconté n'importe quoi au médecin de la cure. Je lève le doigt.

– Oui ?

– Je vais arrêter. C'est trop dur pour moi.

Les autres curistes me dévisagent, tout en continuant à gesticuler dans l'eau éclairée. Je m'assois un instant sur le bord pour reprendre mon souffle. Le plafond de la piscine est en voûte, assez bas.

– Vous voulez de l'aide ?

– Non merci, ça va aller.

Je marche jusqu'au labyrinthe d'eau de mer chauffée. Je vais tout au fond, m'allonge sur l'un des transats immergés, des jets me massent les pieds.

Hier, il y a eu une alerte enlèvement. J'ai frémi comme tant d'autres, avant de réaliser. J'ai la mémoire sélective, mon cerveau enregistre par intermittence, mais quand il le fait, c'est indélébile. Je peux me souvenir avec précision de chaque instant passé avec l'enfant. Alors que je ne me rappelle pas la naissance de mon fils ni le moment où je suis partie avec la petite. Comment m'y suis-je prise ? Je n'en ai aucune idée. J'ai eu du mal à répondre aux enquêteurs sur ce point. Je sais seulement que je me suis retrouvée dans un taxi avec Léa emmaillotée dans mon châle. Mais des vingt minutes qui ont précédé, nulle trace.

Oui, chaque heure avec elle est inscrite dans le creux de mes bras, de mes mains, de mon cou. Sur mes seins, sur mon ventre. Dès que nos peaux se touchaient, elle arrêtait de pleurer. Il ne faut pas croire qu'elle était effrayée. Elle ne l'était pas. Elle était en confiance. Elle a vécu dix jours contre moi, ou presque. Je n'ai laissé personne d'autre s'en charger. Même la nuit, je posais son couffin sur mon lit contre le mur. Je ne voulais pas risquer de l'écraser dans mon sommeil. Elle était toujours à ma portée. Je n'étais pas nerveuse, mais étrangement sereine. J'ai profité de chaque seconde, je n'en ai pas perdu une miette. La regarder était un émerveillement perpétuel. J'ai peu dormi ces jours-là, je n'avais pas le temps pour ça. J'étais dans un drôle d'état, d'épuisement et de plénitude mêlés. Je repoussais ma tristesse au fond de moi, mettais ma douleur en sourdine. Je savais que j'aurais la vie entière pour pleurer quand on m'aurait repris l'enfant.

– Madame, on ferme.

Je sors de l'eau, transie de froid malgré les trente-cinq degrés. Mes doigts sont tout fripés. Il n'y a pas d'autre curiste. J'ai dû m'assoupir, ce n'est pas possible autrement. Je rejoins les vestiaires désertés. Je m'enferme, et là je m'effondre, à genoux, la tête posée sur le banc.

Je mange un croissant en attendant les premiers curistes. Je regarde autour de moi, c'est toujours très instructif. Une nuée de jeunes filles se dispersent en riant dans les allées, bousculant une femme d'un certain âge, qui en tient une plus vieille par le bras. Un couple se refile d'un soin à l'autre leur bébé dans son cosy, ne sachant qu'en faire, comme encombrés. Hier, il y a eu un groupe de jeunes mongoliens, l'un d'eux a hurlé quand l'eau de son bain bouillonnant est passée du vert au rouge. Un peu plus tard, un deuxième s'est roulé par terre. Ça faisait désordre.

Deux de mes collègues discutent non loin de moi. Valérie dit à Hamida qu'elle a tout le temps envie de dormir. Elle fait une cure avec sa mère. J'ai cru comprendre qu'au bout de quelque temps on avait le droit à une semaine de soins par an, mais la plupart d'entre nous n'y pensent pas ou préfèrent aller ailleurs pour leurs vacances. En tout cas, elle a l'air ravie de se retrouver pour une fois du côté des peignoirs blancs, elle resplendit. Hamida grince des dents, a des poches sous les yeux. Son petit garçon lui mène la vie dure en ce moment, son mari l'a quittée pour une femme plus jeune et elle fait des insomnies.

Je prends mon planning, appelle le premier nom de la journée. Mme Ytot s'avance, son sac en plastique serré contre elle. Ses cheveux roux dépassent de son bonnet de bain rose. Ses pas sont petits et mesurés. On dirait qu'elle se rend à l'abattoir. Je lui dis qu'elle peut enlever son maillot si elle le désire. Elle semble hésiter une seconde avant de s'exécuter. Je place la rampe de jets au-dessus d'elle, verse de l'huile dans le creux de ma main. Son corps est dur comme de l'albâtre, pourtant elle est belle, sa peau surtout, elle ressemble à une star de cinéma d'une autre époque. Je ne suis pas attirée par les femmes, je veux dire sexuellement, mais leur beauté peut me toucher.

Je lui demande de se retourner, elle manque de glisser. Je commence à lui masser le dos. Elle se redresse, je ne m'y attendais pas. Elle s'assoit, pose sa main sur la poitrine, comme si je ne voyais pas son sexe brun. Ses yeux sont baignés de larmes.

– Je préfère qu'on arrête là.

– Pourquoi ? Je vous ai fait mal ? Quelque chose ne vous a pas plu ?

– Non... C'est ma faute, murmure-t-elle tristement.

C'est la première fois qu'on me fait ce coup-là. Je la fais descendre en lui donnant la main, malgré la présence du marchepied. Je ne tiens pas à ce qu'elle tombe. Je lui tends son peignoir :

– À quelle heure est votre prochain soin ?

– Dans une demi-heure, je crois.

Et elle sort sa fiche plastifiée en tremblant :

– Regardez, je ne vois plus rien.

– Oui, c'est ça, dans le salon « Algues » (on l'appelle « Bulots » entre nous) pour un enveloppement. En attendant, je vous conseille d'aller vous étendre dans la salle de brouillards marins. C'est très relaxant.

– Oh non, je suffoque là-dedans !

– Vous avez la salle de repos à l'étage, près des cabinets des médecins. Vous aurez la vue sur la mer.

– C'est climatisé…

Je suis au bord de perdre patience. Elle est bien difficile, pauvre poulette de luxe !

– Dans ce cas, je vous conseille les chaises longues au bord de la piscine de détente. Vous devriez prendre une infusion pour vous réchauffer. Mais dépêchez-vous, l'heure tourne.

– Je suis désolée. Merci beaucoup. Vous avez été très gentille et très compréhensive.

Je ne lui réponds même pas. Elle sort, tête baissée, elle a conscience d'avoir exagéré. Je nettoie la table de massage. Je suis en retard. Je voudrais rejoindre Léa, la serrer contre moi. Il fait beau dehors. Titouan doit lui construire un immense château de sable, avec un parc et des forêts où ils disposeront ses personnages en plastique, ses « petits amis ». Et puis elle s'empressera, c'est le jeu, de tout piétiner. Ou alors elle essaie d'attraper les oiseaux, les « wéwé », comme elle les appelle. Ou elle dort dans sa poussette, son drôle de doudou gris en forme de poupée dans la bouche. Elle l'avait dans la main quand on l'a retrouvée, je n'ai pas eu le cœur de l'en séparer.

Oui, cette journée va être longue. Nous faisons de notre mieux, et pourtant il y a toujours des clients, des femmes surtout, pour râler, dédaigner cet endroit du bout des lèvres. Il y a quelques jours, des curistes se plaignaient à deux mètres de moi, devant la thalasso. Elles ne m'avaient pas reconnue, bien sûr, le contraire m'aurait étonnée, elles ne m'avaient pas regardée. Nous, le peuple des Thermes, sommes sans visage. Nous n'étions pas assez souriantes à leur goût, pas très sympathiques. L'une d'elles en aurait presque pleuré. J'avais envie de hurler : « Que voulez-vous de plus ? » Nous sommes des abeilles dans cette ruche, travaillant pour répondre aux besoins de ces reines de Paris ou d'ailleurs, ces rombières plus ou moins jeunes. Nous ne sommes pas là pour alléger leur peine ou étancher leur soif de consolation. Nous soulageons déjà leur corps, leur dos, leurs articulations. Prenons soin de leur chair souvent vieille, sèche ou flasque. De leur cellulite, leurs vergetures, leurs varices, leurs taches, leurs problèmes de peau. Ce n'est pas toujours ragoûtant, mais à force nous ne détaillons pas. Et il faudrait en plus que nous soulagions leur âme, leur bonne ou mauvaise conscience de prendre du bon temps ? Nous sommes là pour leur faire du bien, certes, pas pour leur donner de la joie ou de l'amour, ou que sais-je encore. Il ne faut pas tout confondre. Ce qui est sûr, c'est que je préférerais être à leur place qu'à la mienne. Pendant la formation, nous nous sommes fait les soins entre nous, j'ai bien vu comme c'était agréable, que personne ne vienne me raconter le contraire. J'ai bien vu comme Valérie avait l'air détendue ce matin et Hamida épuisée, je sais faire la part des choses.

Les bras au ciel, nous essayons d'attraper les couleurs du cerf-volant en forme de poisson que tire Titouan. La mer scintille. Nous nous sommes retrouvés après mon travail. Ils se sont jetés sur moi comme si nous nous étions quittés depuis trois semaines. Mon homme fait des roulades, et moi je danse jusqu'à m'étourdir, jusqu'à tomber par terre. Léa rit aux éclats, en redemande.

Des fantômes galopent sur la plage, on se croirait dans le désert. Nous poursuivons les nuages de particules qui volent au ras du sol. Je fais une petite tente avec le paréo pour nous protéger de la tempête de sable. Ma fille sourit, complice. Titouan attrape ma bouche. Je ne me lasse jamais de sa peau, et lui de la mienne, nous sommes comme affamés l'un de l'autre. Léa commence à être jalouse quand nous nous embrassons. Elle demande un « bi-ou ». J'adore sa façon de parler. Elle a une drôle de petite voix qui ne ressemble à aucune autre, un peu feutrée.

– Bonjour !

Je l'ai suivie jusque dans cette brasserie depuis les Thermes, je n'ai pas trouvé d'autre moyen. Tout est rouge ici, des bougies aux chaises, en passant par le bar, les carafes, les serviettes en papier. Je me suis installée une rangée plus loin. Hier, quand elle s'est avancée vers moi, j'ai failli tomber. Je n'ai pas été à la hauteur, loin de là. J'ai été catastrophique.

Elle a commandé un chocolat chaud, puis a sorti des papiers d'assurance maladie qu'elle remplit consciencieusement. Elle est plus grande que dans mon souvenir, ce n'est plus une enfant. Il faut que j'amorce quelque chose d'une façon ou d'une autre. Alors je réitère mon « Bonjour » et, comme j'ai l'impression qu'elle ne me remet pas, j'ajoute :

– Hier, à la thalasso, j'avais un bonnet rose sur la tête et j'étais frigorifiée. Barbara Ytot, je lui précise, en lui tendant ma main qu'elle ne serre pas. Je suis encore désolée, j'ai interrompu le soin. J'espère que je ne vous ai pas vexée.

Après un temps d'hésitation, elle me dit que non, qu'elle a juste été un peu surprise. Elle ne me regarde pas, sa réponse est mécanique. En tout cas, même en tenue de ville, elle ne m'a pas reconnue. C'est vrai que j'ai bien changé et que sur les photos qui ont circulé dans la presse j'avais l'air de sortir d'un film d'horreur avec mes yeux noirs exorbités et mes cheveux corbeau ébouriffés.

Pour essayer de poursuivre, je lui demande si elle aurait une bonne crêperie à me conseiller. C'est complètement stupide comme question, mais je n'en imagine pas d'autre pour le moment. Elle regarde sa montre ostensiblement.

– Je vous dérange peut-être ?

– J'ai un rendez-vous chez le dentiste dans un quart d'heure... Pour vous répondre, je vous conseille la Touline ou la crêperie des Lutins.

Je n'ose plus rien dire, elle n'est pas très bavarde. Peut-être que je l'ai définitivement énervée avec mes histoires. Il y aurait de quoi. Elle baisse la tête, retourne à ses formulaires bicolores et moi à ma table. Je me cache derrière mon *Libé*, tente de lire pour me donner une contenance. Tout en l'observant mine de rien. Elle écrit son adresse en haut, à gauche de l'enveloppe. Je donnerais tout pour la déchiffrer. À quoi ça m'avancerait ? Je l'ignore. Quand elle se lève, je me retiens pour ne pas continuer à la suivre, ça ira pour aujourd'hui.

Il y a deux mois, j'ai engagé une sorte de détective. Je ne savais pas que ça existait pour de vrai. En me livrant le résultat de ses recherches, il semblait réellement gêné. Il s'était renseigné sur moi aussi, ça se voyait à sa façon de me parler. Et pourtant, il m'a tendu une pochette en papier kraft avec ce nom : Émilie Guénaud. Je lui en ai voulu pour cela pendant une fraction de seconde. Il aurait peut-être mieux valu qu'il ne découvre rien. Je voulais juste savoir si Léa allait bien, je me faisais tant de souci, j'imaginais le pire. Livrée à des inconnus, délaissée, mal aimée.

Cette fille avait donc changé d'avis. Il avait eu du mal à retrouver sa trace, d'où le supplément. À l'intérieur, il y avait des photos prises à la plage. On n'y voyait pas grand-chose, les visages étaient brouillés. Léa était devenue une petite blonde aux cheveux légèrement bouclés, c'est tout ce que je pouvais en dire. Un jeune homme les accompagnait. Elles doivent habiter chez lui, mais le détective n'a pas trouvé leur adresse, ou n'a pas voulu me la donner. Elle est sur liste rouge, évidemment. J'ai appris qu'elle travaillait à la thalasso. Et qu'elle avait habité plusieurs mois au foyer des jeunes travailleurs de la ville.

Je ne veux pas te reprendre. Je donnerais tout pour te serrer contre moi, rien qu'une fois. Pour faire taire le manque que j'ai de toi, combler de nouveau ce vide dans mes bras. C'est tout, je ne demande pas plus que ça. Je ne vais rien faire de mal.

Je reprends mon journal. J'ai du mal à me concentrer. Il m'est devenu difficile de lire depuis mon « accident ».

– Je peux m'asseoir à votre table ?

Son regard pénétrant est presque orange. Il a les cheveux bruns, la peau mate.

– Non, j'attends quelqu'un.

– Je vous observe depuis un moment et vous m'avez l'air tout à fait seule, dit-il en s'asseyant en face de moi. Ce n'est pas une critique. Ça m'arrange... Qu'est-ce que vous lui vouliez à la petite ? Votre truc, c'est les femmes, c'est ça ?

Je hausse les épaules.

– Je vous trouve très belle. Je peux vous offrir un verre ? Vous n'allez pas rester au thé toute la soirée.

Après tout, pourquoi pas ? Tout ça n'a aucun sens.

– Vous collectionnez les adresses de crêperies ?

Je ne peux m'empêcher de lui faire remarquer que sa question est absurde.

– J'adore quand vous faites cette tête-là. Vos yeux se lèvent d'une façon adorable et votre front se plisse.

– Ah !

– Vous l'avez encore fait... Je vous ai déjà croisée plusieurs fois, vous savez. Alors aujourd'hui, j'ai pris mon courage à deux mains. Ce n'est pas très facile, vous m'intimidez beaucoup.

– Moi, c'est la première fois que je vous vois.

– Je sais, répond-il en faisant mine de bouder. J'ai eu l'impression d'être devenu transparent. Ce n'est pas l'effet que je produis sur les femmes normalement... Ne me regardez pas comme ça, je plaisante. Non, sérieusement, vous avez besoin d'être consolée. On a dû vous faire beaucoup souffrir.

Je lui dis qu'il se trompe sur mon compte, je suis loin d'être fréquentable. Il n'arrête pas de sourire de sa bouche de carnassier. Il est si sûr de lui, de son pouvoir de séduction, de sa belle prestance. Il porte une alliance qu'il n'a même pas pris la peine de retirer. Je lui demande de me laisser.

– C'est vraiment sans espoir ? Je vais quand même vous donner mon numéro.

Je fourre sa carte dans ma poche tout en lui disant le plus sèchement possible que ça peut toujours servir en cas de pépin.

– Qui vous a dit que j'étais serviable ?

– C'est vrai, vous avez tout du mufle.

Et ma voix claque dans la brasserie devenue silencieuse.

Quand il se lève, je m'aperçois qu'il ne tient presque pas debout. Je n'avais pas remarqué qu'il était imbibé d'alcool. Il jette un billet sur le comptoir, n'attend pas la monnaie. Part sans refermer les bâches transparentes, laissant le vent s'engouffrer et éteindre brutalement les bougies dans les photophores rouges.

Il me semble avoir crié. Titouan dort comme un bébé, la tête à moitié cachée sous l'oreiller. Je cours dans la chambre de Léa. Elle est dans son lit à barreaux, sa tétine rejetée à côté de sa bouche. Sur ses lèvres, une bulle de salive. Je pose ma main sur son front, sa poitrine. Elle est un peu chaude, son cœur bat, elle respire. Je fais le tour de l'appartement. La porte est toujours fermée, les trois chaînettes crochetées. Je bois un grand verre d'eau, puis un deuxième. Me passe la tête sous le robinet. Je ne peux pas me rendormir, ne veux même pas essayer, sinon je vais continuer ce rêve horrible, je le sais.

Mon cœur tambourine encore à tout rompre, mais les tremblements ont cessé. Je prends l'album photos. Je ne l'ai pas encore commencé, faute de temps. Je m'installe à la table de la cuisine, me calme peu à peu en arrangeant sur la page les images de mon bonheur. Sur ces clichés, je suis presque tout le temps rayonnante, même si j'ai toujours les yeux froncés ou le front plissé. J'ai voulu oublier ce qui était arrivé, l'enfouir, mais tapie en moi la terreur ressurgit avec ces affreux cauchemars où Léa se volatilise sous mes yeux. Souvent je ne peux pas la rattraper, mes jambes restent prises dans la boue ou les sables mouvants, mon cri coincé dans ma gorge. Parfois, au contraire, je me métamorphose en bête furieuse, en vengeresse masquée et tout finit dans un bain de sang. La semaine dernière, j'ai même rêvé que j'étais allée à l'hôpital quand Judith Zimmerman était dans le coma et que je l'avais définitivement mise hors d'état de nuire. En coupant un à un avec les dents les tuyaux qui la reliaient à la vie.

Je m'assois sur le tabouret, une tasse de café à la main. J'entrouvre le store. Le soleil se lève à peine sur les bassins, sur le port, cette forêt de mâts, ces voiles frissonnantes, bateaux de plaisance, vieux gréements, chalutiers, cargos. J'aime regarder les installations portuaires, les grues électriques qui attendent de charger et de décharger des milliers de containers. Les rampes d'accès, les silos à grain. Les hangars de construction navale, les ateliers de réparation et de maintenance, les entrepôts, le noir aux fausses fenêtres fluorescentes est mon préféré.

J'entends mon bébé pleurer. J'ai déjà préparé son biberon, j'accours vers elle. Ses cheveux sont collés autour de son front. Je me demande si elle n'a pas un peu de fièvre. Elle est encore pleine de sommeil. Elle est toute pensive, me malaxe l'oreille en tétant. C'est quelque chose qu'elle fait depuis longtemps. Elle s'en prend à mon lobe. J'adore ses caresses, elle est si douce.

Elle s'est à moitié rendormie, nous allons nous recoucher dans le grand lit. Titouan écarquille les yeux. Je le serre très fort, je lui dis que j'ai fait un cauchemar. Je lui montre Léa, je ne peux pas lui raconter, mais je crois que nous avons les mêmes frayeurs. Il se lève en débardeur et caleçon à fleurs. Il ne veut toujours pas dormir nu. Souvent la nuit, je soulève son tee-shirt et passe ma main sur son ventre, ça me rassure. Nous avons tous nos cicatrices, elles sont plus ou moins cachées, c'est tout.

Il revient bientôt avec un plateau, des bols fumants, des tartines beurrées, un jus d'oranges pressées. Léa descend du matelas, tête la première, je la retiens de justesse par le pied.

– Tu as commencé l'album, c'est bien. Il faut qu'on pense à prendre plus de photos. Elle grandit tellement vite. Et tu n'en aurais pas une ou deux de toi enceinte ? J'aurais bien aimé te voir avec ton gros ventre.

– Non, je n'ai pas ça en magasin, mon lapin… Il faudra attendre la prochaine fois.

– Quelle prochaine fois ?

– Je disais ça comme ça.

Titouan se jette sur moi et m'embrasse. Je le repousse gentiment. Léa nous regarde avec ses grands yeux, tout en suçotant un croûton de pain.

Le corps cassé,
toujours vivant
je traverse l'été

J'ouvre mon carnet japonais pour y noter ce haïku, un peu à la manière d'un sutra. J'y ai aussi recopié les indications données par le détective, collé les photos de Léa, je n'ai pas pu m'en empêcher. Je me suis assise sur un banc du Sillon. La mer est très loin, laissant à découvert des langues rocheuses insoupçonnées. Une voiture roule sur le sable, remorquant une barque. Après avoir goûté, une classe s'éparpille sur les rochers. Je ne me lasse pas du spectacle de la mer. J'aurais dû vivre près d'elle, et pas ailleurs. Elle me remplit. Dans une autre vie, j'ai dû être sirène. Hier, je me suis baignée, c'était bien trop tentant. Quand j'ai mis la tête sous l'eau pour que tout mon corps soit à la même température, j'ai cru mourir gelée, pétrifiée, j'avais le souffle coupé. Ça serait si simple.

Le soleil m'éblouit. L'eau est une nappe de métal fondu, scintillante. Si je ferme les yeux : des jappements, des pleurs et des cris d'enfants, des conversations. Des bruits de pas, des talons qui claquent sur les pavés. J'aime rester ainsi, les paupières closes, les oreilles grandes ouvertes. La vie paraît si légère parfois. Mais seule dans ma chambre, je m'abrutis souvent de cachets et d'alcool pour remplir ce gouffre, ce puits sans fond.

Un son plus sec, j'ouvre les yeux : une canne. Les vieilles dames ont ressorti leurs fourrures, leurs beaux manteaux, le fond de l'air est frais. J'observe un moment l'incessant chassé-croisé des chars à voile sur le sable et celui, entre ciel et mer, de ces sortes de cerfs-volants qui tractent des surfs. Deux chevaux galopent près de l'eau. Non, je ne m'en lasse pas, ce n'est jamais la même chose.

Une femme d'un certain âge, affublée d'un drôle de caniche, m'aborde.

– Je vois que vous avez un cahier. Vous pouvez noter quelque chose pour moi, quelque chose que j'ai peur d'oublier ?

– Ça m'embête, c'est un souvenir. Je vais vous trouver un bout de papier.

– C'est une date, précise-t-elle, énigmatique. Pour un petit travail occulte qu'on m'a demandé.

Je ne suis pas sûre d'avoir bien entendu. Au loin, j'aperçois Émilie. À ses côtés, un jeune homme porte un bébé sur les épaules. Léa. Ma Léa.

– C'est pour une jeune femme qui n'arrive pas à avoir d'enfant.

Je me demande si c'est une mauvaise blague ou un simple hasard. J'ai hâte d'en finir, qu'elle s'en aille. C'est malin, je les ai perdus de vue. Elle me tend un paquet d'allumettes et me dicte :

– Gwenaëlle Bertin, 20 juillet 1972.

Ils se sont assis sur le sable sec. Le garçon sort les jouets de plage de son sac à dos. La jeune fille les embrasse tous les deux sur la joue avant de repartir en direction des Thermes. Je m'approche doucement. Le garçon a une vingtaine d'années. Il est blond lui aussi, les cheveux assez longs. Il porte un blouson en jean, un sweat rouge à capuche, un Levi's délavé et des bottes. Je suis à deux mètres d'eux, mon cœur bat à tout rompre, prêt à éclater en pierres d'étoile sur les rochers. Je sors une cigarette, la porte à ma bouche :

– Vous auriez un briquet ? J'ai oublié le mien à l'hôtel.

– Oui, je dois en avoir un quelque part, me répond-il en souriant.

Il fouille son sac de fond en comble. Je dévore ma Léa des yeux, je suis là pour ça. Elle mâchouille un crocodile en caoutchouc, à moins que ce ne soit une grenouille. Elle ne fait pas du tout attention à moi, toute concentrée sur sa mastication. Ses cheveux sont retenus par deux barrettes en forme de poisson. Sa peau est toujours aussi claire. Elle est adorable. À croquer. À en mourir.

– Voilà, voilà, c'était tout au fond. Quand je suis avec la mistinguette, je ne fume pas. C'est pas bon pour ses petites bronches.

À mon grand étonnement, il poursuit la conversation :

– Qu'est-ce que vous faites de beau par ici ?

– Une thalasso.

Ma voix s'étrangle, comme si elle avait du mal à se frayer un chemin.

Et Léa qui fait quelques pas vers moi. Mon corps entier palpite, doit envoyer des vibrations à l'autre bout de la terre.

– Ma copine y bosse. La mère de la petite. Vous l'avez peut-être vue. Une blonde assez menue avec un piercing sur le nez et un dragon sur l'épaule.

– Je ne sais pas. C'est une vraie fourmilière là-dedans. Je ne suis pas très physionomiste.

Léa est tombée sur les fesses à mes pieds, elle lève la tête vers moi. Me fixe de ses grands yeux marine. Que je reconnaîtrais entre mille. Elle s'interroge. Cherche dans quelle vie nous avons bien pu nous croiser. Nous aimer.

– C'est une excellente masseuse, c'est la championne des affusions manuelles. Si vous l'aviez eue, vous vous en souviendriez.

Il semble presque déçu. Il y a un certain flottement. Je m'apprête à partir, mais Léa s'accroche à ma robe et essaie de se mettre debout. C'est comme une décharge électrique. Je me retiens pour ne pas me baisser et la serrer contre moi.

– Elle a quel âge ?

– Quatorze mois.

– Elle fait grande… Elle marche déjà à ce que je vois.

– Elle commence même à parler, ajoute-t-il tout fier.

Au même moment, Léa qui suit la conversation, mine de rien, répète « Maman ». Mes yeux s'embuent. Je m'empresse de mettre mes lunettes aux verres fumés.

– Vous avez des enfants ? me demande-t-il.

– Un garçon. Camille. Il a l'âge de…

– Léa, elle s'appelle Léa.

– Le mien ne marche pas encore. Les garçons sont souvent plus feignants.

Mes yeux gouttent de plus belle sous mes lunettes.

– Bon, je vais vous laisser avec votre fille.

– Je ne suis pas vraiment son père, mais c'est tout comme.

Je bafouille que ce qui compte, c'est l'amour qu'on leur donne. Les gènes, les liens du sang, tout ça n'a pas tellement d'importance.

– Je suis bien d'accord avec vous, me répond-il. Eh bien, bonne thalasso. Vous allez sans doute croiser ma copine, elle s'appelle Émilie.

Je caresse la roche rugueuse à certains endroits, tapissée de balanes, ces milliers d'alvéoles blanc sale dont certaines abritent des larves noires minuscules. Et aussi recouverte de moules closes aux reflets violets, de coquilles nacrées des huîtres, de patelles en forme de chapeau chinois solidement accrochées. Boules brunes gélatineuses, rouille au soleil, végétal ou animal, difficile de savoir. Algues vertes filamenteuses. Bouts d'éponges mortes. Os de seiche blancs, abandonnés un peu partout sur la plage, sans le moindre bout de chair.

Je m'allonge sur un rocher lisse, presque plat. Il a gardé la chaleur de la journée et me la redonne. Son cœur bat. Je me colle à lui pour mieux l'entendre, mais je crois que c'est le mien. Je suis si heureuse.

Le soleil couchant se réverbère dans l'eau argentée, du mica doré. Roches, îles, silhouettes noires se découpent dans le contre-jour. Mais où sont donc partis les oiseaux ? Les vagues ramènent l'écume vers moi. Le soleil se disloque en filaments roses dans cette masse cotonneuse. Trois jeunes garçons se dépêchent de quitter la pointe prise d'assaut par les eaux. L'astre finit de se consumer dans les nuages. La mer devient verte une fois qu'il a bel et bien disparu, vert-de-gris dentelé de blanc. Je manque de tomber, je me suis tordu les pieds, le talon d'une de mes chaussures est cassé. Les mouettes rieuses sont derrière moi. Elles ricanent. Où avais-je la tête ? Je me déteste.

– La température vous convient ?

Elle m'a reconnue, elle me sourit, même si c'est un peu forcé, même si ça reste professionnel. J'entre dans la grande baignoire en plastique. Autour, tout est blanc, presque gris.

– Allongez-vous bien au fond. Posez votre tête sur le coussinet. Je vais l'ajuster. Voilà, comme ça. Finalement vous êtes allée à quelle crêperie ? me demande-t-elle.

– J'étais trop fatiguée, je suis rentrée à l'hôtel sans dîner…

Je ne peux lui expliquer que manger seule au restaurant est désormais au-dessus de mes forces. Alors le midi, je déjeune sur le pouce après être allée à la supérette, et le soir, je grignote dans ma chambre. De toute façon, je n'ai plus d'appétit.

– Ça ne vous gêne pas de voir tous ces corps nus ?

Elle a envie de rigoler, je le vois bien.

– Vous êtes une drôle de cliente, décidément.

– Je sais, je m'excuse. Je me tais.

– Oh, ça change. Ça donne un peu de piment.

Très concentrée, elle passe la pomme de douche sur ma cuisse avec des petits mouvements circulaires.

– Et les hommes aussi se déshabillent ?

– Certains. Je ne les y encourage pas. Et puis ils ont souvent un certain âge. Les plus gênés, ce sont souvent eux… Mettez-vous sur le côté, s'il vous plaît. Oui, comme ça, tenez la barre des deux mains, ça sera plus facile.

Je lui dis qu'elle doit avoir mal au dos. Elle me répond qu'on s'habitue, mais je doute que ce soit vrai. Elle m'attrape la main, de l'autre passe le jet à l'intérieur de ma paume. C'est bizarre, troublant même. En tout cas, je rajoute – car je ne veux pas passer pour une ingrate –, c'est très relaxant. Elle me remercie, visiblement touchée. Pendant quelques minutes, je me laisse faire, je ferme les yeux, c'est délicieux.

– Est-ce que par hasard vous seriez Émilie ?

– Oui… Comment vous savez ça ? Vous êtes médium ? demande-t-elle en riant nerveusement.

Je lui raconte que j'ai rencontré son mari avec sa petite fille. Qu'il m'a parlé d'elle, de son dragon, de son piercing. Et puis que j'ai trouvé son bébé adorable.

Son visage s'éclaire. Elle me souhaite une bonne journée, son sourire a changé.

Les ajoncs chargent l'air d'une odeur de barbe à papa. Les buissons d'aubépine sont fleuris. Et les fougères, en train de renaître de leur pourriture.

Avant que j'aille marcher sur le sentier côtier, on m'a laissée seule dans une pièce minuscule. Il y avait un vasistas au plafond où je pouvais m'enfuir par la pensée si j'en ressentais le besoin. Une pluie chaude et douce passait et repassait sur moi dans un rythme quasi hypnotique. Je me suis aperçue que j'attendais le moment où les jets remontaient sur mes seins, que je me cambrais même à leur passage. J'ai fini par enrouler le haut de mon maillot sur mes hanches. Je n'avais plus l'impression de me faire masser par un robot comme au début, mais de sentir de vraies mains sur mon corps. C'était comme s'il se réveillait peu à peu, renaissait à la vie, sortait de sa léthargie. Redécouvrait des sensations que je croyais enfouies à tout jamais.

Et encore : clochettes violettes, comme dans les sous-bois de mon enfance. Éclair vif-argent d'un poisson dans le bec d'un cormoran, ces oiseaux noirs si fins, si élégants. Lézard vert fluo se prélassant et que mon arrivée fait fuir dans les ronces. Papillons blancs, jaune citron, orange. Au large, une jonque aux voiles couleur caramel. Et puis la mer et ses teintes incroyables, du vert le plus pâle au bleu le plus profond, en passant par le bleu charron, l'aigue-marine, le vert céladon.

Hier, je suis allée me promener du côté de la cité d'Alet à Saint-Servan, avec ses pins marins, sa vue grande ouverte sur le port, sa vieille ville, puis à Dinard et pour finir au barrage de la Rance. Je me suis hissée sur la pointe des pieds, j'ai retrouvé le petit coin d'herbe où nous avions planté notre tente igloo. Le camping était désert. Je croyais entendre dans le vent glacé les fantômes de notre jeunesse s'ébattre sous la toile argentée.

J'étais en train d'éplucher des carottes. Tant bien que mal, j'essaie de me mettre à la cuisine.

– Émilie… je voudrais te parler de quelque chose…

Titouan a un air bizarre. Je lui demande s'il voit une autre fille. Ça le fait rire que je puisse douter de sa fidélité. Je ne vois pas pourquoi.

– Non, c'est à propos de Léa…

– Qu'est-ce que tu veux savoir ?

Mon ton est un peu trop agressif. Titouan prend une chaise et, après un temps d'hésitation, reste debout en tenant le dossier des deux mains. Il bafouille, bégaie presque :

– Rien de spécial… Enfin si, juste une chose. Je me fous des détails… Tu ne m'as jamais parlé de son père et…

– C'est parce qu'elle n'en a pas, tu le sais bien.

Il a du mal à cacher sa déception. Il y a aussi du soulagement sur son visage, c'est un mélange. Il aurait voulu que j'ajoute que c'était lui son papa maintenant, car c'est ce qu'il est dans les faits, un papa pour elle.

– Tu n'es pas la Vierge Marie quand même ?

– T'es con ou tu le fais exprès ?

– Excuse-moi, dit-il tout penaud.

Il laisse échapper un gros soupir, entortille une mèche de mes cheveux.

– Je voudrais seulement savoir si quelqu'un pourrait un jour se pointer et prétendre être son père, c'est tout.

Et comme je réponds que celui-ci ne se souvient sûrement pas de moi, il s'étonne :

– Comment on pourrait oublier une princesse comme toi ?

– Ce n'est pas ça, Titouan… Je ne sais même pas qui c'est. J'ai fait un peu n'importe quoi à Paris. J'étais…

Il m'attire contre sa poitrine, son parfum est légèrement citronné. Il sait que je ne veux pas me marier pour le moment, il me rappelle qu'il attendra. Je le sens fébrile et je ne suis pas sûre de vouloir entendre la suite. Il prend une respiration, se jette à l'eau. Il voudrait officialiser un peu la situation vis-à-vis de Léa, la reconnaître ou l'adopter, quelque chose comme ça. Et comme le silence s'installe et que je ne dis toujours rien, il enfonce le clou, murmure qu'il se sent son papa, qu'il aime Léa comme sa propre fille. Je me dégage, j'ai du mal à respirer. Je vais ouvrir la fenêtre. Il essaie de me retenir, me demande juste d'y réfléchir, comme si je n'y avais pas déjà pensé. Enfin je desserre les dents, juste pour dire que je croyais qu'on pouvait rester comme ça, que c'était suffisant, qu'on était bien. Mais lui insiste encore, revient à la charge, et c'est trop. Il veut nous protéger, ou je ne sais quoi, il veut que ça dure toujours et moi, je lui demande pourquoi il ne me fait pas confiance. Il y a de la mauvaise foi à dire une chose pareille, j'en ai conscience. Je prends mon blouson, claque la porte.

Je cours jusqu'au Sillon, j'ai besoin de voir la mer, c'est comme une urgence. Le soleil est une grosse boule rouge qui tombe dans l'eau, colore la vieille ville en rose. C'est notre première dispute. De toute façon, tout n'est pas parfait. Il est tellement papa gâteau avec Léa. Quelquefois j'ai l'impression de compter pour du beurre. Je suis encore de mauvaise foi. Mais c'est vrai qu'il peut être si naïf. Il croit que les choses peuvent s'arranger, que les gens peuvent changer, s'améliorer. Il se trompe, il y en a d'irréparables. Il ne sait rien de moi, ou si peu. Je ne lui ai pas encore parlé de Stéphane, ni de mon passage à Paris, et encore moins de mon accouchement sous X. Je n'ai aucune envie de faire la lumière sur ces angles morts.

Après m'être enfuie de la maison, je suis arrivée à Paris presque sans un sou. Je me suis retrouvée à la rue. J'ai galéré, j'ai vivoté. J'avais faim, j'avais froid, mais je ne voulais pas retourner chez moi. Je n'ai pas renoué avec mes parents. Je leur ai juste fait savoir que j'étais en vie, *via* Rémi. Pas plus, le minimum. J'ai rencontré plusieurs types qui m'ont plus ou moins hébergée. Rien de très glorieux. En tout cas, je n'avais plus aucun orgueil, ma fierté en avait pris un coup, rien n'était vraiment sordide après ce qui m'avait amenée là. Je n'ai pas envie de m'étendre sur le sujet. L'un d'eux est le père biologique de Léa, ça ne compte pas.

J'aimerais tant dire à Titouan : « C'est d'accord, tout ce que tu veux. » Mais si on va à la préfecture ou je ne sais où, s'il apprend que j'ai voulu abandonner ma fille, il ne pourra plus jamais me regarder de la même manière, et je le comprendrai.

Le soleil n'est plus qu'un lointain souvenir, juste une bande orange sur la mer d'encre, la mer métallique, la mer pétrole, la mer huileuse, gris-bleu tirant vers le mauve. Au-dessus, un oiseau de feu semble dessiné en nuages dans le ciel. Une chauve-souris me frôle sur ces marches creusées dans la roche où je me suis réfugiée. Le sable mouillé est un lac, un miroir, une surface glacée où patiner. Une petite mare près d'un rocher sombre forme comme un tas de neige.

– Alors comment se passe votre cure ?

Elle relève la tête, son regard est vide, et pourtant elle a meilleure mine, ce que je lui fais remarquer.

– Merci bien. Ça file… C'est plutôt agréable, je ne vais pas me plaindre, mais je suis encore très fatiguée.

– C'est comme ça pour tout le monde, vous savez. Et le coin vous plaît ? Vous vous êtes un peu promenée ?

Elle me répond qu'elle était déjà venue avec son mari il y a très longtemps, une éternité, presque comme s'il s'agissait d'une autre vie.

– Vous n'êtes pas si vieille quand même.

– Vous me donnez quel âge ?

– C'est un jeu dangereux. Euh, je dirais trente-huit, quarante, par là.

– Trente-six… Je l'ai cherché, ça aurait pu être pire, dit-elle en riant à moitié. Pour vous faire pardonner, vous auriez le temps de prendre un verre avec moi ?

En fait, pour tout vous dire, c'est mon anniversaire aujourd'hui et je n'ai personne avec qui fêter ça.

Je ne sais pas quoi dire, je suis prise au dépourvu. Elle attend, pleine d'espoir, je n'ai pas la force de la décevoir.

– Pas aux Thermes en tout cas. Ce n'est pas très apprécié que nous fréquentions les clients.

– Oh, je ne vous drague pas ! s'exclame-t-elle.

Et je ne peux m'empêcher de rire.

À peine avons-nous pris rendez-vous qu'elle sort de la tisanerie, radieuse, comme si déjà nous papotions telles deux copines devant une coupe de champagne. Elle doit aimer en boire, ou des trucs sophistiqués, des cocktails aux noms alambiqués qui font rire quand on les commande, *Sex on the beach*, *Screaming orgasm*. Elle a du fric, j'en suis sûre, du moins assez pour se payer une cure.

J'appelle les bains jets de 11 h 30. « Madame Bourné, madame Dumont, monsieur Kouré, madame Hari. » Ils se lèvent aussitôt. Trois petites femmes aux cheveux argentés, on dirait des triplées. Et un beau Black au crâne rasé, très musclé, un sportif sans doute. Il y en a souvent, des coureurs surtout, qui viennent se préparer pour leurs compétitions. J'émarge leurs noms sur ma liste, les invite à me suivre. Je les fais rentrer successivement dans leur box en leur donnant quelques indications succinctes. Après, je retourne les voir un par un pour verser l'huile essentielle qu'ils ont choisie parmi les quatre proposées (amincissante, tonifiante, relaxante ou détoxifiante) et mettre en route la machinerie. J'ai sept minutes devant moi pour souffler. Je me sers deux gobelets à la fontaine d'eau.

Je ne sais pas pourquoi j'ai accepté ce rendez-vous. Peut-être parce que je n'avais pas envie de rentrer tôt pour une fois. Quand je suis revenue à la maison hier soir, Titouan dormait à poings fermés, tourné contre le mur, Léa serrée dans ses bras, comme si elle lui appartenait, et ce matin, il était déjà parti lorsque je me suis réveillée.

Je vais voir mes clients à mi-parcours pour vérifier qu'ils ne se sont pas noyés, n'ont pas fait de malaise cardiaque ou n'ont pas eu la mauvaise idée de tenter un record d'apnée. L'une des trois femmes s'est enfermée. Je lui demande d'ouvrir, nous devons pouvoir intervenir à tout moment, c'est le règlement. L'athlète s'est endormi dans la baignoire trop petite pour ses longues jambes. Je l'observe quelques instants avant de refermer la porte.

Après je peux de nouveau m'asseoir. Mes jambes me font souffrir aujourd'hui, j'ai les pieds gonflés, mon sang a du mal à se fluidifier quand je suis contrariée.

Non, je ne sais vraiment pas pourquoi j'ai accepté. Peut-être parce qu'elle a l'air gentille, douce et perdue. Oui, elle me fait un peu pitié, elle semble si seule, si triste. Comme si elle était revenue de tout, ou plutôt restée ailleurs dans un monde parallèle. J'ai déjà connu ça. C'est ce qui m'attire chez elle, ce côté siamois, cette part sombre de moi-même que je suis parvenue à enfouir.

C'est l'heure, je leur ai même donné trois minutes de rabe. Les suivants vont bientôt arriver, je dois m'activer. C'est une usine de luxe, je travaille à la chaîne. J'entre dans chacun des box, je leur dis que c'est fini et « Au revoir, bonne journée » dans la foulée.

Elle est en retard, bien sûr, allais-je ajouter, langue de vipère. Elle ne viendra pas, j'aurais dû m'en douter, j'aurais pu le parier. Sur le parvis du château qui fait office de mairie se tient un marché aux plantes d'où repartent des couples, des familles munis de pots de fleurs et de rosiers.

– Je suis désolée. Je vous ai fait attendre.

Elle a couru, ses joues sont rouges, ses cheveux, électriques.

– Ce n'est pas grave, je réponds en m'efforçant de cacher ma déception. J'essaie d'être enjouée. J'espérais sans trop oser y croire qu'elle viendrait avec Léa.

– Il a fallu qu'on revoie les plannings pour la semaine prochaine. Il y a eu un problème informatique, c'était n'importe quoi, on a dû tout recommencer.

Nous empruntons les ruelles en évitant la rue principale trop fréquentée. Nous entrons dans un café. Un billard, un jeu de fléchettes, de la musique.

– Qu'est-ce que je te sers, Émilie jolie ?

Le serveur porte un catogan, un tee-shirt rouge Che Guevara.

– Sergio, m'appelle pas comme ça, je déteste, dit-elle.

Elle n'a pas l'air de plaisanter. Puis elle reprend de sa voix douce :

– Pour moi, ça sera un café viennois, et pour…

Je commande une vodka tonic sans glaçon. Je me demande ce que je fiche là.

Le fameux Sergio revient avec nos consommations, sans un mot, cette fois. Elle lève sa tasse dans ma direction.

– Tchin-tchin ! On trinque à votre thalasso ? dit-elle gaiement. Et puis *happy birthday*, j'allais oublier.

Je manque de dire « Mais ce n'est pas mon anniversaire », me retiens à temps.

– Merci… Et vous, qu'est-ce qu'on peut vous souhaiter ?

Elle répond presque en croisant les doigts, comme une prière :

– Que les choses restent comme elles sont… Comme ça elles sont parfaites, ajoute-t-elle, après avoir rêvé les yeux ouverts. Gagner au Loto ne serait pas de refus, mais il faudrait que je joue.

Je précise que je l'invite, ça va de soi. Elle proteste en rougissant qu'elle ne disait pas ça pour ça. Mais je me doute bien qu'elle ne doit pas rouler sur l'or, il n'y a qu'à voir sa tenue d'aujourd'hui. Je ne sais pas si c'est un style qu'elle se donne ou parce qu'elle n'a pas les moyens de s'habiller autrement. Si elle voulait, je pourrais l'aider, l'emmener dans des magasins. Elle pourrait être si jolie sans ses affreux pulls, son jean déchiré, ses tee-shirts sans âge, ses grosses chaussures de garçon. Quand elle est en uniforme, elle est méconnaissable, toute fine, gracieuse. Les cheveux attachés et pas partout dans la figure. Même son piercing ressemble à un bijou. Son tatouage, une parure.

– On peut peut-être se tutoyer ? je demande.

– Oui, vous avez raison, enfin... tu as raison. C'est moins gênant. Sinon j'ai comme l'impression de faire du service après-vente.

– Il y a un peu de ça, non ?

Elle m'assure du contraire, pourtant je vois bien qu'elle n'est pas très à l'aise avec moi. Elle est assez nerveuse, reste sur sa réserve.

– Et ça n'a pas été compliqué de t'organiser pour ce soir, avec ta fille ? Tu aurais pu l'emmener, ça ne m'aurait pas dérangée.

Ses yeux se mettent à briller, son débit s'accélère.

– J'ai beau être une jeune maman, et même une très jeune maman, je trouve que les bars ne sont pas des endroits convenables pour les bébés. On est très sérieux par rapport à ça avec mon copain. On a des principes d'éducation. Sinon, après, ça devient n'importe quoi. Moi-même, je ne sors plus beaucoup depuis que je l'ai. Là aussi, je fais attention, je suis raisonnable. Tu vois, je fais une exception pour toi… Je parle, je parle, mais je ne sais rien de toi. Tu habites où ?

– Paris, dans le neuvième arrondissement. Vers la rue des Martyrs.

– Je ne connais pas… Moi, j'ai habité du côté de Belleville et aussi de la gare de l'Est. Et puis à Denfert-Rochereau.

– Tu as vécu à Paris ?

– Oui, pas très longtemps. Je suis bien contente d'en être partie.

– Tu as eu ta fille très jeune. Tu avais quel âge, sans indiscrétion ?

– Dix-huit, répond-elle, en mordillant son pouce.

– C'est courageux de ta part de l'avoir gardée.

– Et toi, tu as des enfants ?

C'est ce qu'ils finissent toujours par demander tôt ou tard. Je n'ai pas envie de mentir, pas à elle. Enfin, pas complètement.

– J'ai perdu un nouveau-né… il y a trois ans. Ça faisait des années que j'essayais… J'ai eu du mal à remonter la pente. Mais je suis toujours là…

Ses yeux se sont instantanément remplis de larmes et je ne peux rien faire pour l'empêcher de m'attraper les doigts.

– Je suis désolée, murmure-t-elle.

Nous restons un long moment, la tête baissée dans nos tasses, complètement recroquevillées, repliées sur nos douleurs, nos terreurs.

– Tu veux reprendre quelque chose ?

Elle doit y aller, sa petite famille l'attend, elle a déjà trop tardé. Elle espère me revoir bientôt, et je n'en crois pas un mot. Je suis un oiseau de mauvais augure, comment pourrait-on avoir envie de me croiser sur son passage ?

– Tu rentres tard.

– J'ai pris un verre avec une cliente à la Belle Époque. Je crois que ça lui a fait du bien.

Je frissonne en repensant à notre discussion. Titouan me taquine. Il me fait remarquer que je dis toujours que je ne suis pas là pour jouer les assistantes sociales. Il a raison. J'avais juré craché que je ne ferais jamais une chose pareille. Mais là, c'est différent, ça n'a rien à voir. Je fais mine de prendre la mouche. Rétorque que celles qui se prennent une semaine de thalasso n'ont pas besoin d'aller voir une assistante sociale, par contre un psy, parfois, oui.

– En fait, tu la connais, tu l'as croisée à la plage avec Léa.

– Ah bon ?

– Oui, c'est une belle rousse avec de grands yeux noirs. Enfin une fausse.

– Comment tu sais ?

– Je l'ai vue nue. Au boulot ! Prends pas cet air lubrique !

– Elle a un manteau violet ?

– Tu vois que tu t'en souviens.

Le téléphone sonne. Titouan décroche, pendant que je commence à préparer le dîner.

– Émilie, c'est ton frère…

– Dis-lui de rappeler plus tard. On va passer à table.

– Ça a l'air important.

Je suis fatiguée d'avance. J'ai l'impression de faire ma B.A., même si je l'adore.

– Bonjour, Émilie jolie.

Ce n'est pas Rémi, mais Stéphane. Comment a-t-il eu mon numéro ? Mes poils se hérissent, j'ai la chair de poule. Le cerveau en bouillie. J'arrive à articuler, la voix blanche :

– M'appelle pas comme ça. De toute façon, je t'interdis de m'appeler tout court.

– Par téléphone, c'est pas l'idéal, c'est vrai. Je voudrais te revoir… Pour discuter tranquillement…

– Je te préviens, je vais raccrocher. J'ai pas du tout, mais pas du tout envie de parler avec toi. J'ai rien à te dire.

– Moi, si. Plein de choses. Je deviens fou avec cette histoire.

– Eh bien, te gêne pas pour moi, plus on est de fous, plus on rit.

Ma voix hystérique, ma voix éraillée. Mon cerveau qui déraille.

– Et surtout, que ça rentre dans ta tête de dégénéré, fiche-moi la paix ! Je veux plus avoir affaire à toi, jamais. T'as compris ou faut que je te mette les flics sur le dos ?

Titouan fronce les sourcils depuis un moment déjà, il épie la conversation, le visage tendu. Après un long silence et quelques raclements de gorge, Stéphane ajoute :

– Il faudrait qu'on se parle de ce qui s'est passé.

– Je ne vois pas à quoi tu fais allusion.

Je me sens si sale tout à coup. Mon corps souillure, mon corps fumée, mon corps déchet. Et si triste. C'est un supplice, et en même temps je dois crever l'abcès pour que le pus sorte enfin.

– Arrête ! Tu le sais bien, Émilie, ce qui s'est passé entre nous.

Je hurle enfin, je hurle que ce n'était pas entre nous comme il dit, mais que c'était *lui contre moi*. Léa sursaute sur sa chaise haute avant de se mettre à pleurer, apeurée. Titouan l'emmène dans la cuisine, en me lançant un regard affolé. Il ne comprend rien, évidemment. Comment le pourrait-il ? Mon cœur, tu ne sais rien de moi, mon amour, je ne veux pas te mêler à ça.

– C'est normal que tu m'en veuilles encore, même si ça fait longtemps maintenant, dit Stéphane.

– Tu déconnes ? Jusqu'à ma mort je t'en voudrais, t'entends ? Jusqu'à ma mort ! T'es qu'une merde, et jusqu'à ce que tu crèves, toi aussi, tu vas vivre avec ça.

Sur un ton presque plaintif, comme s'il n'était pas entièrement fautif, il dit qu'il n'allait pas bien, qu'il était paumé, qu'il avait bu. Mais qu'il va se faire soigner, parce que « ça » revient en ce moment, qu'il va finir par avoir de « gros problèmes ». J'entends quelqu'un murmurer à ses côtés.

– Y a qui avec toi ?

– C'est maman.

– C’est pas ta mère. La tienne était givrée, comme toi.

Il ne relève pas.

– Je te la passe, elle veut te parler. Je t’embrasse, ose-t-il rajouter en faisant un bruit de baiser avec sa bouche.

Je devrais raccrocher. Je n’y arrive pas, je tremble de partout. Titouan revient, il me frotte le dos, me caresse les cheveux.

Elle minaude avec sa voix de crécelle. Elle m’appelle son bébé. Elle m’entend respirer, c’est que je suis encore là. Elle dit que Stéphane a tout raconté à notre père ce matin, qui lui a foutu une de ces raclées. Elle veut savoir, la maligne, si c’est pour ça que je suis partie. J’aurais dû leur en parler au lieu de m’enfuir comme une voleuse. Je lui fais remarquer qu’ils n’ont pas cherché à me retrouver. Elle soupire que c’était une fugue, que j’avais presque dix-huit ans, que je devais faire ma vie. À propos – et là elle s’éclaircit la voix –, Rémi leur a appris pour Léa, qu’elle était très jolie. Elle aimerait la connaître, c’est sa grand-mère quand même… Elle veut m’apitoyer avec sa mauvaise santé, la vilaine tumeur qu’ils lui ont trouvée dans la tête.

Quelqu’un prend le combiné de mes mains et le repose. Et je me mets à crier, à gémir. Mon corps n’est plus qu’un sanglot, une plainte déchirée, une plaie béante, ce n’est pas beau à voir. Je l’avais pourtant bien refermée, cautérisée avec de l’eau de mer et des sourires, du vent et des baisers. Titouan me transporte jusque dans la baignoire. Nous nous enlaçons, ne formons qu’un, imbriqués l’un dans l’autre.

Après je vais prendre l'air. J'ai besoin de quitter l'appartement, c'est comme si le malheur y était entré sans qu'on l'ait invité.

La première fois, j'avais treize ans. Je défilais devant lui avec la robe qu'il m'avait achetée. Il m'a attrapée, s'est mis à me chatouiller sur son lit. À mordiller mes seins minuscules. Je lui ai foutu un coup de poing dans la gueule. Il s'est excusé. A juré que ça ne se reproduirait pas. J'ai mis des années à oublier, à lui pardonner. Mais je l'ai fait.

La nuit est douce, la mer est calme, je ne la vois pas, mais je la sens vibrer. Il y a des centaines d'étoiles. Je passe ma langue sur les contours de ma bouche.

Il a recommencé, j'avais un peu plus de dix-sept ans. Il m'a emmenée dans un bar après le lycée. J'étais contente, ça me changeait. J'ai commandé un cocktail, une piña colada, je m'en souviens. Après, dans sa voiture, on a écouté de la musique. Il m'a fait fumer un pétard et on a descendu quelques bières. On se marrait, on parlait de tout et de rien. Quand ses yeux sont devenus rouges et sa voix pâteuse, je lui ai dit qu'il était peut-être temps de rentrer. Il a activé la fermeture automatique. Je n'ai rien pu faire. Il m'a même traitée de traînée parce que je n'étais plus vierge. Quand ça a été fini, il s'est endormi comme une masse. Je me suis dégagée. Je lui ai fait les poches. Il avait un peu de liquide. J'ai balancé sa clé de bagnole plus loin dans le canal.

Je m'approche du rivage. J'enlève mes chaussures, trempe mon visage dans la mer. Je crie dans l'eau.

Je suis rentrée à pied, ça m'a pris un bon moment. À la maison, tout le monde dormait. Je suis allée réveiller Rémi dans sa chambre, lui aussi rêvait de quitter cet enfer. Il s'est dégonflé. Une fois dehors, j'ai réalisé que j'étais toute collante, que j'avais mal partout. J'ai marché jusqu'à une aire d'autoroute. J'ai jeté ma culotte et ma jupe. Me suis lavée comme j'ai pu dans les toilettes avec des serviettes en papier. J'ai passé la nuit dans cette station-service sur une chaise en plastique orange. Je n'ai pas fermé l'œil, j'étais encore sous le choc. Personne n'est venu vers moi pour me demander si j'avais besoin d'aide. Personne. Au petit matin, j'ai fait de l'auto-stop jusqu'à Paris. Ma seule chance dans ce désastre, c'est que je ne suis pas tombée enceinte de lui.

C'est un miracle, Dieu m'a entendue. Je mens. Je les ai suivies, puisque le hasard ne faisait pas bien les choses. Elles se sont dirigées vers la plage en face du fort national, se sont assises sur les pavés en forme d'éventail. Le sable est encore tout détrempé. Sous les remparts, les anciens brise-lames ressemblent à des moignons rabougris, comme calcinés, laminés par le vent, le sel et les assauts de la mer. Je me souviens, avec Nathan, nous y avions joué à cache-cache comme des enfants, puis il avait escaladé l'un d'eux pour m'impressionner et j'avais eu si peur qu'il se rompe le cou.

– Bonjour. Tu ne travailles pas aujourd'hui ?

– Non, jamais le samedi, répond-elle, comme si je ne le savais pas.

Elle a une petite mine, elle n'a pas dû bien dormir, peut-être a-t-elle des soucis.

– Je te présente Léa.

– On se connaît… Qu'est-ce qu'elle est jolie ! Elle te ressemble vraiment.

Elle murmure « Merci » du bout des lèvres. Je n'ai pas le sentiment d'être la bienvenue. Léa dort dans sa poussette-canne à rayures rouges et blanches, emmitouflée dans une couverture rose pâle au crochet. Ainsi, emportée dans le sommeil, elle a exactement sa tête de nouveau-né. Son grand front bombé, ses longs cils recourbés, ses lèvres si bien dessinées, qu'on dirait maquillées, son nez retroussé. Jizô est niché dans son cou. Je suis médusée de le retrouver là. Je ne peux m'empêcher de poser la question :

– D'où ça vient ?

– Je ne sais pas. On lui a offert à la naissance.

Elle ne me dira rien. Son visage est de marbre.

La mer est vert émeraude. Le ciel, bleu sous les cumulus noirs et blancs. De l'autre côté du barrage de la Rance, plusieurs rideaux de pluie. Dans l'eau, un peu plus au large, des surfeurs s'entrecroisent sur les vagues.

– Tu peux me la garder deux minutes ? demande Émilie. Je ne me sens pas très bien.

Je bredouille : « Oui, bien sûr. » Elle n'a pas attendu la fin de ma réponse. Elle court jusqu'aux toilettes publiques un peu plus loin. Je ne peux résister à l'envie de prendre Léa dans mes bras. Elle n'est pas très contente, c'est normal, elle dormait et je la réveille.

– Coucou, ma puce, tu me reconnais ? Je suis si contente de te revoir.

Elle râle. Elle ne se laisse pas faire aussi facilement, c'est une qualité. J'essaie autre chose pour l'amuser, l'amadouer, c'est pareil. Joue avec mes mains en chantonnant :

Tape tape petite main
Tourne tourne petit moulin

Nage nage petit poisson
Vole vole petit pigeon.

Ça a l'air de marcher. Elle suit le mouvement de mes doigts, commence à babiller. Elle se balance d'avant en arrière comme si elle dansait.

Petite main a bien tapé
Petit moulin a bien tourné
Petit poisson a bien nagé
Petit pigeon a bien volé.

Je l'embrasse sur le front, elle sent si bon. Je reconnais son odeur de lait. Mes lèvres ont du mal à se résigner à lâcher prise. Je pleure. Je ne suis plus si sûre de la marche à suivre. Même si je le voulais – et une partie de moi le souhaite ardemment, plus que je ne l'aurais cru –, je ne pourrais pas me lever, je suis comme tétanisée. Je la berce en chantant. Comme avant, comme toujours. C'est comme si tous ces derniers mois n'avaient jamais existé, tendus uniquement vers ce moment où nous nous retrouvons enfin.

– Je t'aime tant, mon bébé. Tu m'as tellement manqué.

Et Léa m'offre enfin le plus beau des sourires, le plus beau cadeau dont une mère puisse rêver.

Voilà Émilie qui revient.

– Elle pleurait, je précise comme pour me justifier.

– Tu as eu raison. Vous avez l'air de bien vous entendre. Normalement, elle est plutôt sauvage avec les inconnus…

Elle me reprend Léa, et c'est comme si on me l'arrachait une seconde fois.

– Ça va ? s'inquiète Émilie.

– Ce n'est rien, ça va passer. Je vais rentrer me reposer.

– De toute façon, ça se couvre.

Je suis à nouveau plongée dans les ténèbres. Nous partons dans la même direction, longeons la mer devenue noire. Le ciel crève enfin.

Léa s'est rendormie, imperturbable, son sommeil est de plomb. Je la vois par transparence, une toile de plastique nous sépare. Émilie enfile un coupe-vent tout en pressant le pas. J'essaie de ne pas me faire distancer. Avec ma jambe, je ne peux plus marcher aussi vite. Au moment de traverser le boulevard, elle me demande dans quel hôtel je suis, avant de me proposer de venir m'abriter chez elle.

– Ne te sens pas obligée, je ne suis pas en sucre.

– Ne sois pas bête.

Nous arrivons dans la rue qui donne sur les bassins. Entrons dans le hall de son immeuble. Je mémorise le code. 7956A. Nous montons deux étages. L'escalier est étroit et grince. Il y a trois serrures.

– Tu es barricadée, dis donc.

– Je suis une trouillarde, répond-elle. Je te fais pas visiter, c'est petit.

– J'ai peur de tout mouiller.

J'enlève mes chaussures. Mes cheveux dégoulinent dans mon cou. Ce n'est pas bien grand en effet. Un matelas est calé dans un coin du salon. Recouvert d'un couvre-lit indien et de gros coussins. Les murs sont décorés de gros stickers en forme de fleur. Il y a aussi un canapé et une table basse. C'est simple et coloré. Sécurisé avec des cache-prises, des cale-portes partout. Très bien rangé. Un peu trop à mon goût. Rien ne dépasse. Ça sent le produit ménager aux agrumes.

– Je vais te sortir une serviette et le sèche-cheveux, me dit Émilie. Et puis je vais faire un thé pour nous réchauffer.

On est toujours aux petits soins avec moi, je ne le mérite pas. On devrait me laisser crever dans la rue. Émilie s'absente à son tour. Me laisse avec Léa, allongée, les bras et les jambes écartés. Je n'ose pas m'approcher, sinon je ne pourrais résister à l'envie de m'étendre à ses côtés, et je ne me relèverais jamais. Un album est posé sur la table basse. Je l'ouvre, le cœur battant. Sur la première page, je reconnais la robe blanche et rose que tu portais le jour où je t'ai perdue. Je ne me souvenais pas que tu étais si petite. Un nouveau-né. Après, je te vois grandir en accéléré. Tes cheveux, tes dents poussent. Ton visage s'affine, tes membres s'allongent. Tous ces mois que j'ai manqués, plus d'une année. Je vois la petite fille que tu vas devenir, mais l'empreinte de ta figure d'alors est toujours là. La forme de ton visage, la carnation de ta peau, de tes lèvres, l'iris de tes yeux. Cette grâce infinie. J'ai envie d'emporter cet album qui me parle de ta vie sans moi. Mais déjà la porte de la salle de bains s'ouvre.

– Je vais la coucher dans sa chambre, fait Émilie.

Des meubles en bois blanc. Trois, quatre ours en peluche. Une bibliothèque avec des livres pour enfants. Peu de choses. Tu n'aurais manqué de rien avec moi.

Nous retournons dans le salon boire notre thé au réglisse. Je ne suis pas très à l'aise, nous n'avons pas grand-chose à nous raconter. Nous restons plusieurs minutes sans parler en écoutant la pluie qui n'en finit pas de se déverser sur la ville. Je regarde autour de moi. Sur les étagères, des bandes dessinées sont classées par ordre alphabétique, à côté des romans policiers, des livres empruntés à la bibliothèque. Des dictionnaires, un précis d'orthographe, un autre de grammaire. Un Scrabble, un Abalone, des dames chinoises et des mikados. Et aussi quelques disques dont plusieurs pour enfants. Je ne vois pas de téléviseur.

– Hier soir, j'ai mangé à la crêperie des Lutins, je lui dis, histoire de briser la glace encore une fois. Je me suis régalée. Merci du conseil. Tu es à Saint-Malo depuis longtemps ?

– Je suis arrivée à la naissance de la petite.

– Ça n'a pas l'air d'aller aujourd'hui ? Tu as des soucis ?

– Oui… Il y a des fois où on se reprend son passé dans la figure, de plein fouet, quand on ne s'y attendait pas, ou plus… Et c'est dur.

On entend Léa babiller. Nous allons la voir. Ses deux mamans. La blonde et la rousse. La jeune et la vieille. Léa debout dans son lit sautille comme un lapin.

– Je vais peut-être vous laisser en famille maintenant qu'il ne pleut plus.

– Elle va bientôt avoir faim. Je vais préparer son repas. Tu veux la surveiller ? Tu peux déjeuner avec nous si tu veux.

Émilie s'éloigne. Je serre Léa tout contre moi. C'est la deuxième fois de la journée. Je commence à m'habituer, et elle aussi, je crois. C'est si naturel, nous deux. J'essaie de la faire rigoler, je grimace, je la chatouille. J'adore son rire. Je lui montre le port par la fenêtre. Elle répète : « Bateau, bateau. » J'aperçois Titouan dans la rue. Il marche d'un bon pas vers l'immeuble. Je rejoins Émilie dans sa kitchenette.

– En fait, je vais y aller. J'avais complètement oublié, mais j'ai un soin dans pas très longtemps.

– C'est trop bête.

On dirait qu'elle va pleurer. Je m'avance vers elle, lui pose la main sur l'épaule. Nous formons avec Léa une sorte de trio éphémère. Cette fois, c'est moi qui lui tends l'enfant. Comme si je lui faisais un cadeau.

Dehors, je croise Titouan. Je baisse la tête. Il a l'air absorbé, il est trempé. Il ne pleut plus, mais près de la mer le vent souffle en rafales. Je n'arrive pas à avancer. Je me sens si faible. Je dois renoncer, emprunter les rues abritées à l'arrière, avec leurs villas XIXe siècle, dont les portails cachent des jardins aux fleurs gorgées d'eau.

– Elle dort bien. Ça devait être un mauvais rêve… J'ai pas sommeil, je vais aller dans la cuisine écouter la radio.

Titouan est redressé dans le lit, sa mine est grave.

– Viens… Je voulais qu'on parle hier soir, mais tu es rentrée tard.

Il y a un léger reproche dans sa voix. Je prends ma respiration. Le bout de ma cigarette brille dans le noir, je me suis remise à fumer aujourd'hui.

– C'est une vieille histoire.

– Non, Émilie. T'as vu dans quel état tu étais ?

Alors je lui raconte. Je ne le vois pas, c'est plus facile. Au fur et à mesure, il me serre la main de plus en plus fort, il me fait mal. J'entends son pouls s'accélérer, ça remplit toute la pièce. Son corps est secoué, saisi de mouvements incontrôlés. Ce corps que j'aime tant, ce corps refuge. À la fin, il remet de la lumière. Je prends sa tête entre mes mains, je lèche ses larmes. Allume une Lucky et des bougies. Je lui sers un verre de gin. Je mets de la musique. M'assois en tailleur en face de lui :

– Écoute, on ira faire les papiers demain. Je crois que c'est encore le mieux.

– Quels papiers, ma douce ? me demande-t-il en reniflant, encore sous le choc.

Titouan pleure sans bruit, mais de joie cette fois, une joie liquide qui éclaire son visage encore ravagé. Il m'embrasse les mains. Je poursuis tout bas, si bas qu'il doit tendre l'oreille. Mon arrivée à Paris, mes mois d'errance, de sans domicile fixe, de parasite chez des inconnus rencontrés dans des boîtes de nuit. Je picolais pas mal, j'étais devenue une loque, je ne contrôlais plus rien, ne ressentais plus rien, un bloc de chair évidé. Je crois que si Léa n'était pas arrivée, je serais descendue bien plus bas encore. Me serais détruite à petit feu ou dans un grand incendie plus ou moins volontaire. Quand j'ai su que j'étais enceinte, ça a été comme un électrochoc. J'ai atterri dans ce foyer pour jeunes mères en détresse et j'ai pris la décision la plus grave de ma vie. Abandonner ma fille.

Je regarde Titouan dans les yeux, il ne cille pas, j'observe des changements sur son visage, cherche à y détecter le moindre signe de peur, de dégoût, de colère même. Il n'y a rien de tout cela, juste une grande tristesse.

– Alors tu m'aimes encore ?

Bien sûr qu'il m'aime, me répond-il. Il me le dit dix fois, cent fois, mille fois, toute la nuit, sur tous les tons. Sans cesse. De temps en temps, il ajoute : « Ne me quitte pas, ne me quitte pas. » Pourquoi je le quitterais ?

Nous approchons sur la pointe des pieds pour ne pas la réveiller. La veilleuse que Titouan lui a rapportée aujourd'hui tourne dans la pièce, illuminant par moments son visage de rose et de jaune. Nous

nous penchons sur elle, elle est si belle, si tranquille. Nous retournons dans notre lit, nous serrons sur notre radeau de fortune. Le vent s'engouffre par la fenêtre. Les mâts dehors n'en finissent pas de cliqueter. Le jour s'est levé sans que je m'en rende compte.

– Vous m'avez fait peur !

C'est l'homme de la brasserie. Je ne l'avais pas revu depuis l'autre fois, c'était mercredi ou jeudi, je ne m'en souviens plus. J'avais vite chassé cette rencontre qui m'avait laissé une impression désagréable. Il est toujours aussi élégant. Il a l'air sobre, tient debout en tout cas. Sans un mot, nous regardons les requins et les tortues géantes tourner autour de nous. Il s'est assis à côté de moi sur le tapis de mousse bleue. C'est magique, la lumière tamisée, l'eau verte et ces grands prédateurs qui nous encerclent. Comme eux, je devrais être enfermée. J'ignore toujours par quel miracle je ne suis pas derrière les verrous.

Ça n'a rien à voir avec le petit aquarium de la vieille ville où nous nous étions réfugiés avec Nathan un jour de pluie. Nous n'avions pas eu de chance avec le temps, décidément, qu'importe, nous nous aimions. Ensuite, ou un autre jour, nous avions visité le vivarium, que j'avais parcouru les yeux fermés à cause des serpents.

La thalasso est presque terminée. Je vais peut-être rester quelques jours de plus. Je suis si près du but. Lequel ? Je me le demande parfois, opaque à moi-même. Hier, Nathan m'a encore téléphoné, légèrement suspicieux. « Fais-moi confiance », lui ai-je dit. Il n'a pu s'empêcher de rire. Je lui ai raccroché au nez.

– Vous m'avez suivie ?

– Non, rigole-t-il, je n'ai pas que ça à faire. Je m'ennuie. Un peu comme vous, non ? Et puis j'adore les poissons. Qu'est-ce que vous faites de beau à Saint-Malo ?

– Une thalasso.

– Et votre mari vous a laissée toute seule ? dit-il du tac au tac.

Je lui montre mes mains nues.

– Vous êtes libre ?

– Si vous voulez.

– Comment ça si je veux ?

Je ne lui raconte pas que je suis venue ici il y a longtemps avec l'homme que j'aimais, l'homme de ma vie. Et que tout a foiré. Je préférerais que ce soit Nathan qui me prenne la main, cependant je ne repousse pas la sienne, je l'accepte même.

– C'est quoi votre petit nom ?

– Judith.

– Moi, c'est Alexis, si ça vous intéresse de le savoir.

Nous nous levons, nous arrachons à la beauté de cette salle circulaire, continuons la visite. À deux, c'est plus gai, à deux c'est toujours mieux. Il a décidé de me divertir. Il me lit les panneaux, me fournit des explications supplémentaires. M'aide à débusquer les poissons cachés, les poulpes et les murènes. Celles-là, je les déteste, je les trouve sournoises. Nous parcourons la salle tropicale et son

« feu d'artifice multicolore de coraux et de poissons tropicaux » : le poisson-papillon, le poisson-ange et la demoiselle soufre. Puis la « forêt de la pluie équatoriale ». Ils ont pris la sage précaution de mettre les piranhas à part.

Après avoir traversé un décor de galion englouti, nous débouchons dans un espace bâché en plein air appelé « bassin tactile ». Il tombe des cordes. Nous touchons des raies enfouies dans le sable, mais aussi des lieus et des grondins. Il ne me lâche plus la main, à moins que ce ne soit le contraire. Nous nous amusons à crier dans d'immenses coquillages en plastique.

Nous courons sous la pluie, pénétrons dans une attraction. Nous nous faufilons dans la file d'attente. Alexis discute avec la jeune femme qui prend les tickets, avant de lui glisser un billet dans la poche de sa veste. Après ça, il m'aide à embarquer. L'intérieur est étroit, juste quatre strapontins.

– Qu'est-ce que vous lui avez raconté ?

– Que j'écrivais un article pour la revue du TGV. Je crois qu'elle ne m'a pas cru.

Bientôt une voix de robot nous annonce la bienvenue à bord du sous-marin. Puis le volet s'ouvre sur des bulles, des poissons, une épave de bateau, des vestiges enfouis, des trésors.

Il m'enlève mon imperméable. Me déshabille très doucement, comme s'il avait la vie devant lui. Je me tourne du côté des bulles. Seuls les poissons et ces drôles de statues incas aux yeux rouges lumineux me voient complètement nue. Lui ne s'est débarrassé que de son manteau en alpaga. Il embrasse ma cicatrice sur la jambe. Ses lèvres sur mes cuisses, sa langue qui fouille mon sexe, mon cul. J'en tremble de partout, me cambre vers lui. Il y a si longtemps. Il entre en moi. Je me vois dans la vitre, moi devant, et lui derrière. Sirène, je nage au milieu des récifs, du corail orange, des anémones de mer, algues luminescentes, du vol élégant des grandes raies mantas. Bientôt je reviens à la surface, le soleil m'éblouit, je suis couverte de gouttes d'eau irisées. Je plisse les yeux, trop de lumière, trop de chaleur.

Après, il me tourne vers lui :

– J'aurais dû commencer par là. Je suis mal élevé.

Et il attrape ma bouche, et c'est encore plus doux, ça m'avait tant manqué.

Le voyant nous signale que nous arrivons à bon port, j'ai peur qu'il m'abandonne, me laisse seule là-dedans. Il me rhabille, comme si j'étais une poupée. Je ferme les yeux. J'ai un peu honte. J'ai trahi Nathan pour la première fois.

– Vous êtes toute décoiffée. Vous avez une brosse ?

Je secoue la tête. Il m'embrasse encore.

– Prête ? demande-t-il.

Il m'aide à gravir l'escalier, à débarquer. L'employée rougit jusqu'aux oreilles en nous voyant ressurgir. Troublée, je manque de tomber à l'eau.

Nous passons par la boutique de souvenirs. Panoplies de pirate, dauphins et crabes en peluche, requins et tortues en plastique...

– Vous avez des enfants ?

Mon regard est noir, il a tout gâché.

– Je voulais vous offrir quelque chose, dit-il comme s'il s'excusait.

– Pourquoi ?

– Comme ça, pour rien.

Et il semble déçu, presque puni.

J'ai mis de l'humeur sombre comme une pieuvre qui a lâché son encre. Je lui désigne l'autre côté du parking.

– Ma voiture est par là.

– On pourra se revoir ? Vous avez mon numéro de portable.

– Non, je l'ai jeté, j'étais fâchée.

– J'ai un rendez-vous. Pour mes affaires, bien entendu. On peut prendre un verre après ?

Je ne lui réponds pas. Je me ronge les ongles. Mon vernis est parti.

– Vous ne m'aidez pas. Je vous le redonne. Ne le perdez pas cette fois.

– Je ne l'ai pas perdu.

– Judith ? Ne soyez pas grognon. Vous me plaisez beaucoup. Énormément. Et ce n'est pas près de s'arranger avec…

Je ne le laisse pas finir sa phrase, je m'enfuis.

Mon prochain nom sur la liste, c'est Barbara Ytot. Enfin, pas le prochain, celui d'après. D'abord j'ai Mme Ferguy, et c'est une emmerdeuse, une Anglaise qui se croit tout permis. Avant j'ai eu une femme, je ne me souviens plus de son nom, je ne veux pas m'encombrer la mémoire. Une sacrée pipelette, un moulin à paroles. J'ai compris son manège depuis le début de la semaine : dès qu'elle met le grappin sur quelqu'un, elle ne le lâche plus ; pendant les soins on est bien obligé d'écouter. Son mari la trompe, ou la bat, ou les deux, elle m'a montré ses bleus, et c'est vrai qu'elle en a une tripotée, certains comme des araignées qui lui montent sur les jambes et d'autres plus sournois sur le ventre. On dit des bleus, mais il y en a aussi des jaunes, des rouges, des violets et des noirs.

J'ai fini par lui dire que ça ne servait à rien de m'en parler. Qu'il valait mieux s'adresser à la police, ou prendre ses cliques et ses claques. Elle m'a répondu qu'elle ne pouvait pas. Je n'ai pas bien compris, c'était confus, si c'était à cause de ses enfants ou de son argent, son argent à lui, parce que, elle, elle n'a pas un rond. « On s'habitue à un certain confort, que voulez-vous ! Il me gâte pour se faire pardonner. » Je la plains, c'est sûr.

C'est comme dans la rue, dans les lieux publics, les piscines, les plages, les cafés, partout la violence ordinaire, pas celle de Paris souvent palpable, ni la folie ni la misère, non, la violence ordinaire, celle qui me choque le plus, celle qui choque le moins. Une fessée, une claque qui part vite, qui résonne, et le silence tout autour. Il y en a tant, des pères, des mères qui traitent leurs enfants comme des moins que rien, comme des chiens. Les paroles tellement blessantes, et le ton insupportable.

Je n'étais pas réellement battue, on ne peut pas aller jusque-là, mais ils avaient la main lourde, c'est sûr, ils n'y allaient pas de main morte, ça se dit, non ? Et mon frère, cette moitié de frère, ce faux frère qui a abusé de ma confiance, de mon corps, et pour finir m'a retourné le cœur. Je n'étais plus tout à fait une enfant, mais quand même. Je connais le passé de mes parents, de mon frère aussi, de sa folle de mère et d'un de ses oncles fielleux. Je devine ce qu'ils ont enduré, petits, j'imagine leur souffrance. Ça n'excuse rien. Ça explique juste. Un peu.

Mais je me sens plus légère depuis l'autre nuit. Délestée de mon fardeau. Ma bouche lavée à grande eau de tous ces mots tus, ces mots tordus et râpeux comme de la laine de fer.

– Bonjour, Émilie, me glisse Barbara à l'oreille. Merci encore pour avant-hier, c'était gentil.

Elle est radieuse. Elle se déshabille en un clin d'œil, elle a l'habitude, maintenant. Je mets en route les jets, débouche la bouteille d'huile. Je la préviens :

– C'est le soin du premier jour. Ça va aller ?

– Promis, cette fois, je vais être sage.

– Je n'avais pas remarqué ta cicatrice. Tu as eu un accident ?

– Oui, de voiture, répond-elle, les yeux fermés. Je suis là en grande partie pour me remettre.

– C'était grave ?

– Assez… J'ai failli y rester.

Décidément elle n'a pas eu de chance dans la vie. Mais plus les jours passent, plus elle paraît s'épanouir, plus son masque de fantôme fond. Sûrement le climat, les algues, l'air marin.

– Tu as vraiment une très belle peau.

– Une vieille peau, tu veux dire ?

– Ne recommence pas avec ça. Tu es très… jolie. C'est ce que j'ai pensé dès que je t'ai vue, même si je t'ai trouvée…

– Un peu triste ? Un peu bizarre ?

J'hésite avant de dire les deux. Son corps se détend sous mes doigts. Je crois la voir frissonner. À un moment, elle semble avoir du mal à déglutir. Je fais celle qui ne remarque rien. Je m'applique, me donne sans compter.

– J'ai rencontré quelqu'un, me confie-t-elle alors que je lui masse le cuir chevelu.

– Un homme ?

– Eh bien oui, un homme, bien sûr.

– À Saint-Malo ?

– Au Grand Aquarium. C'est assez incroyable, et moi-même, je n'en reviens toujours pas.

– Parce qu'il s'est déjà passé quelque chose ?

Je suis ahurie. Elle rougit.

– C'est intime, comme question, mais oui, dans le sous-marin.

Nous pouffons comme deux gamines.

– Et vous allez vous revoir ?

– Je ne sais pas…

Elle cache bien son jeu sous ses airs de princesse intouchable, de poupée cassée.

– Et toi, ton copain ? Tu l'as rencontré où ? me demande-t-elle en enfilant son maillot de bain.

– Sur la plage. Pas bien loin d'ici. Il m'a sauvée des eaux. Je n'avais pas compris que la mer remontait… J'étais un peu à l'ouest à l'époque, même carrément… Tu as quoi maintenant ?

– Une pédicure à l'espace beauté. Mes pieds sont dans un état lamentable.

– On y va ensemble, si tu veux. J'ai deux minutes.

Nous déambulons dans les couloirs. Zoé me lance un regard interrogatif. Barbara me dit qu'elle a acheté une bricole pour la petite. Je suis touchée par son geste. Nous convenons de nous retrouver après mon travail. Les esthéticiennes portent un uniforme noir. Elles doivent toujours être sur leur trente et un, ne sont pas comme nous, à moitié trempées du matin au soir. C'est un monde à part avec de l'encens et des infusions aux fruits rouges. Elles proposent des soins bizarres. Des massages aux pierres chaudes ou à quatre mains, des gommages au sucre ou des enveloppements à l'ananas. Et des choses plus barbares avec des appareils électriques. Barbara me fait un signe de la main avant de disparaître dans le salon d'attente.

Zoé me rattrape dehors, me taxe une cigarette. Elle me raconte, le sourire mauvais, que Barbara aurait fait des siennes dans le salon « Algues » en enlevant toute seule la couverture chauffante. Comme elle veut savoir ce que je faisais avec cette cinglée, je lui rétorque que je l'emmerde et qu'elle n'a qu'à s'occuper de ses fesses. Qui si connaissent en matière de boue. Elle fait une sale tête, elle ne s'attendait pas à ça. Je suis gentille, douce comme un agneau, mais il ne faut pas venir me chercher des poux, à moi, ou à ceux que j'aime. Et j'aime bien cette fille, Barbara, ça ne s'explique pas, c'est comme ça.

Je ne sais pas si je vais faire de vieux os dans ce métier. Il me pompe toute mon énergie, c'est comme s'il y avait un flux entre les peignoirs blancs et moi, comme s'ils aspiraient ma vitalité, ma jeunesse, comme si avec mes mains, je leur donnais tout, sans rien recevoir en retour. Je vais peut-être reprendre des études par correspondance. J'aimerais m'occuper d'enfants, puéricultrice ou assistante maternelle. Titouan est d'accord, nous en avons discuté. Avant l'autre nuit, nous ne parlions pas tant que ça. Nous avons plein de projets. Nous allons nous marier et peut-être aussi faire un voyage. Titouan a un cousin qui habite au Portugal, à Lisbonne. Ça doit être beau, j'ai vu des photos. Il y a la mer aussi, enfin l'océan Atlantique. Nous irons cet été. En voiture. Nous ferons des étapes, du camping.

Un papa aux cheveux prématurément blanchis fait la course avec ses deux gamins d'une dizaine d'années. Il les laisse gagner.

Je voudrais un autre bébé. Avoir un petit gars, en faire quelqu'un de bien, un homme bien. Titouan sera le père de mes deux enfants, il n'y aura aucune différence. J'ai aimé être enceinte en un sens, j'ai aimé donner la vie. Je veux conjurer le mauvais sort, me prouver que plus rien de mal ne peut nous arriver.

Émilie est assise sur le remblai, ses jambes pendent dans le vide. À ses côtés, une femme à la longue tresse blanche et aux yeux bleus perçants. Et toi, tu es là aussi, tu somnoles dans ta poussette, le pouce planté dans la bouche. J'avais fait un vœu, te voir une dernière fois avant de prendre la tangente. Le voilà exaucé, je n'ai pas d'autre souhait. Émilie se relève. Elle porte une jupe évasée couleur rouille et un tee-shirt pourpre moulant, un brin décolleté. Je crois bien qu'elle s'est maquillée pour une fois. Elle fait les présentations :

– Barbara, une curiste. Marguerite, la grand-mère de mon copain. Elle m'a fait la surprise de venir me chercher.

La vieille femme me dévisage un long moment, sans m'adresser la parole.

– Je vais en profiter moi aussi, bougonne-t-elle. Y a pas de raison ! Tu me fais rentrer, ma belle ?

– Je vais l'accompagner à l'intérieur. J'en ai pour trois minutes. Tu gardes un œil sur elle ? me demande Émilie.

Elle me fait confiance, une nouvelle fois. Tu es vêtue d'une salopette en jean, assortie à tes yeux. Je te caresse la tête, te tiens la main.

– Maman Barbara est là, mon poussin.

– Baba… Baba, ânonne Léa.

– Oui, maman Barbara.

– Maman Baba.

Je me suis assise sur les talons face à elle, nos souffles sont mêlés. Je frotte ma joue contre la sienne. Elle me caresse l'oreille et répète « Maman Baba ».

– Regarde, c'est un cadeau pour toi, un cadeau d'adieu. Je vais t'aider à l'ouvrir.

C'est un bébé d'une vingtaine de centimètres avec des cheveux de jais et des yeux légèrement bridés. Une petite Japonaise pour aller avec le gri-gri qui te sert de doudou. J'ai vu que tu n'avais pas encore de poupée. Je viens de l'acheter au magasin du coin. Je n'avais rien prévu de spécial, j'improvise au fur et à mesure. J'ai menti à Émilie, une nouvelle fois, c'est devenu une habitude, une sale manie.

– Elle te plaît, j'ai l'impression. Écoute ce que j'ai à te dire, mon cœur, je vais partir. Ça me fait trop de mal de te voir, trop de mal et trop de bien. C'est mieux pour nous deux que je m'en aille loin d'ici avant de… Je veillerai sur toi par la pensée. Tu resteras mon bébé. Sois heureuse. Je ne me fais pas de souci pour toi, je sais que tu vas l'être. J'ai vu comme on s'occupe bien de toi, comme tu es aimée. Je n'ai rien à redire. De toute façon, si j'avais quelque chose à redire, nous serions déjà loin toutes les…

– Voilà, c'est bon, dit Émilie, qui vient de réapparaître. Ça lui fait du bien à la grand-mamie… Dis donc, je vais finir par t'engager comme nounou si ça continue. Oh, mais comme elle est belle, il ne fallait pas.

Tout en me parlant, elle tire la langue à Léa, imite le cheval ou je ne sais trop quoi.

– En fait… je dois rentrer plus tôt que prévu à Paris. De toute manière, il ne me restait plus qu'une journée.

Elle a l'air sincèrement déçue. Et surprise aussi.

– Dommage… Tu as le temps de te balader un peu avec nous ?

Tu manges un Petit Lu, enfin, de la bouillie de Petit Lu, tu en as plein les doigts, la bouche. Je t'ai dit adieu, je n'ai plus rien à faire ici. Ne pas te voir était une souffrance, te voir est une souffrance plus vive. Je n'aurais pas dû venir, je ne serai jamais rassasiée. Le vent souffle dans mes oreilles, une seule fois, avant de retomber.

– Je ne sais pas… Il faut que je fasse mes valises.

– Allez, c'est peut-être la dernière fois qu'on passe un moment ensemble.

Je ne peux pas refuser, c'est demandé si gentiment. Comment rater une occasion de plus de passer du temps avec toi, il n'y en a pas eu tant que ça, et encore j'ai été chanceuse, au-delà de mes espérances les plus folles.

– Tu reviendras, tu penses ?

Je répète que je ne sais pas. Oui, peut-être, oui, ça serait bien, te revoir dans quelque temps, quand tout sera apaisé en moi, ça pourrait être merveilleux, en effet. C'est inespéré.

Nous avançons à l'opposé de la vieille ville. Le ciel est blanc, et la lumière ou son absence plutôt brûle les paupières. Au premier plan, la mer est mauve clair, avec des taches plus sombres là où il y a des rochers submergés. Le deuxième plan est flou, Cézembre et les îlots. À l'horizon, une ligne indigo. Il fait assez lourd. Le soleil s'est concentré sur un coin de sable de l'autre côté de la pointe, formant comme un halo. Un goéland fonce sur nous, change sa trajectoire au dernier moment, il vole bien bas.

– On adore pique-niquer près des rochers avec mon copain et la petite.

– Titouan a l'air d'être un papa formidable. Vous formez une jolie famille.

– Merci, répond-elle, le sourire aux lèvres. Tu sais quoi... nous allons nous marier. D'ailleurs, ce soir, il m'emmène dans un restaurant chic pour m'offrir une bague de fiançailles. On fait ça dans les règles.

Je la félicite. J'ai du mal à être enjouée, toute joie m'a quittée. Je suis livide. Ma jambe me lance. Je perçois tout à travers un filtre. Les yeux brouillés. Mes oreilles bourdonnent, pleines de coton. Quand je m'entends parler, j'ai l'impression de produire un écho. Je suis toujours étonnée par le son de ma voix. Étonnée d'être encore en vie.

J'ai des crampes dans le ventre, en bas du dos. Tout à l'heure j'étais sur une de ces tables à la thalasso, et j'ai vu du sang couler d'entre mes cuisses. L'hydrothérapeute a détourné les yeux. J'ai murmuré que c'était inattendu, que j'étais désolée. Je n'ai jamais été aussi honteuse de ma vie, ou presque, et à la fois si heureuse. Mais avec qui partager ça ? À qui dire que finalement je ne suis pas encore vieille ?

Léa râle. Elle tente vainement de sortir de son tank à roulettes. Émilie lui tend la poupée pour la distraire :

– T'en as marre d'être là-dedans ? Mais, moi, j'ai mal au dos, ma puce. Maman a travaillé toute la journée, et elle est fatiguée.

– Je peux la porter si tu veux…

– Ça ne te dérange pas ?

Je ne regarde plus ni la mer ni les belles maisons. Je n'ai plus de questions à poser. Émilie pousse la poussette vide. Et moi, je serre mon bébé contre moi, sa tête lovée dans mon cou. Mon amour, comme c'est doux, comme c'est bon, tu es faite pour mes bras. Tu t'accroches à moi avec tes petits doigts de fée. Ma fille, comme je t'aime. C'est du bonheur, ces adieux qui se prolongent, qui n'en finissent pas. Tout mon corps te dit adieu, je te donne ma chaleur, je n'en ai pas beaucoup, mais elle est pour toi, je l'ai prise aux rochers, au sable, au soleil.

– On va faire demi-tour, dit Émilie. Il ne faut pas qu'on tarde trop. Titouan doit nous attendre. Je vais te décharger.

– Et ton dos ?

– Tant pis pour lui !

Elle prend mon bébé contre elle, la couvre de bisous sonores. De nouveau, ce manque immense, mon corps inutile. Nous repassons devant les Thermes. Un écureuil roux se faufile entre les rochers. Sur un banc, un couple assez âgé s'embrasse comme des tourtereaux. Une jeune femme très maquillée, un foulard sur les cheveux, file dans son fauteuil électrique. Hier j'ai vu deux personnes faire du tai-chi, sous la pluie, en tenue traditionnelle. J'étais bien au chaud dans le bar au bout de la promenade, enfoncée dans une banquette en cuir. Je suis restée longtemps, la mer montait. Éclaboussant les vitres comme sur un bateau. Des enfants avaient creusé un trou immense où j'aurais pu me loger, des boulets aux pieds ou des pierres dans les poches. L'eau l'a rempli à ras bord avant de le recouvrir. À chaque fois que j'ai ce genre de pensée, je pense à Léa. Ce n'est plus une image fixe, c'est une image mobile. Je connais désormais le son de sa voix un peu cassée. Le bruit de sa respiration quand elle dort. Je sais comment elle se meut dans l'espace, quelles sont ses ruses pour attraper des objets. Je sais où elle vit, bien entourée, aimée, choyée, protégée. Je dois laisser cette famille tranquille. Il faut en finir. En finir avec tout ça.

– Bon, c'est mon hôtel…

Elle ne me propose pas de prolonger la soirée, pourquoi le ferait-elle ? J'embrasse Léa sur le front. Je mets tout mon amour dans ce baiser, il me laisse épuisée.

– Maman… Baba ?

Je crois voir de la tristesse dans ses yeux.

– Oui, c'est Barbara, la nouvelle copine de maman, dit Émilie. Tu as tout compris.

Elle me tend sa joue. Je lui fais deux bises, sa peau est douce.

– Allez, au revoir, ajoute-t-elle, et à bientôt, j'espère. Tu nous fais signe quand tu reviens ?

Je hoche la tête, je ne parviens pas à parler, les larmes aux yeux. Elle me dit qu'elle a été ravie de faire ma connaissance. Elle me souhaite bonne chance pour la suite.

Elles s'éloignent, sans doute pour la dernière fois. Mon cœur se déchire.

J'ai cru voir un feu d'artifice au loin, j'ai probablement rêvé. Des lumières rouges et vertes clignotent sur la mer noire, agitée, qui se cogne au remblai. Le ciel est violet. Je suis seule. Je joins les mains. Les rideaux se soulèvent à chaque bourrasque. Le vent souffle si fort, c'est un soir de tempête. Je n'arrive pas à faire mes valises, tout est sens dessus dessous. Je devrais descendre sur le Sillon. Me laisser emporter par les vagues. Un à un, je prends des cachets, les fais passer avec du whisky sans glaçon.

– Allô, Alexis.

– Qui est à l'appareil ? dit-il d'une voix que je reconnais à peine.

– Judith, la fille du sous-marin… Je vous dérange ?

– Je dormais. Je suis peut-être vieux jeu, mais c'est ce que je fais habituellement à trois heures du matin… Quel bon vent vous amène ?

– J'ai peur de faire une grosse bêtise, lui dis-je d'une toute petite voix. Je suis désolée, mais je n'ai que vous ici.

Comme s'il pouvait m'être d'un quelconque secours, comme si quelqu'un le pouvait.

Le téléphone sonne. Je m'étais assoupie, je crois. C'est la gardienne de nuit, elle râle qu'un monsieur désire me voir et que j'aurais dû lui donner le code.

Je ne réussis même pas à m'excuser. Alexis entre, la mine chiffonnée. Il ouvre de grands yeux éberlués en découvrant l'état de la chambre. Même s'ils font le ménage chaque jour, il y a des vêtements, des flacons, des tubes, des pots de crème, des sachets plastique partout et deux bouteilles vides d'Aberlour.

– Il y a eu une fête ici et je n'ai pas été invité ?

– Si vous êtes venu pour vous moquer, vous pouvez repartir tout de suite.

– Pardon. Je suis désolé.

Je lui dis en hoquetant que j'ai mal au cœur.

– Je veux bien vous croire. Vous avez beaucoup bu, non ? Vous n'avez rien pris d'autre ?

– Quelques cachets.

– Ils sont où ?

Je lui montre mon sac à main échoué sous le bureau, à moitié caché par mon manteau. Et j'ai beau protester de toutes mes forces, il glisse les plaquettes dans ses poches.

– Il ne fallait pas m'appeler dans ce cas. Maintenant que je suis là, j'agis…

Quand je lui demande de m'embrasser, il me répond :

– On verra ça plus tard. Allez vous laver les dents d'abord.

– Vous pouvez parler ! Vous vous êtes vu l'autre jour ?

Je suis hargneuse, j'ai envie de le cogner, de le frapper. Le sourire aux lèvres, il me susurre :

– Chacun son tour… Que vous le vouliez ou non, nous sommes faits pour nous entendre.

Il dépose une noisette de dentifrice sur ma brosse. Je m'exécute. Je suis lasse, une vraie chiffe molle. Il me passe de l'eau sur le visage, le cou avec le coin d'une serviette.

Nous retournons dans la chambre, je me tiens à son coude.

– Vous boitez très légèrement. Je trouve ça très excitant pour ma part…

Je lui explique que je me suis jetée d'un balcon, il y a un an. Nous nous asseyons tous les deux sur le bord du lit, nous ne savons que faire de nos bras, de nos mains.

– Il ne faut pas avoir pitié de moi… Je suis quelqu'un de mauvais, j'ajoute à voix basse.

Enfin il me prend par les épaules :

– Ne dites pas n'importe quoi ! Vous êtes l'être le plus vulnérable que j'aie jamais rencontré… Recouchez-vous. Je vais essayer de faire du charme à la gardienne pour qu'elle vous prépare un citron chaud.

Enfouie sous les draps, j'ai du mal à avaler sa mixture. Alexis s'agite dans la chambre, s'efforçant de lui rendre forme. Il est efficace, plus que moi en tout cas. Il plie mes affaires sur les étagères, suspend mes robes dans la penderie.

– Vous êtes allée au Japon ? s'étonne-t-il en ouvrant mon carnet repêché au fond de la corbeille à papier.

– Je vous interdis de le regarder ! C'est personnel.

– Excusez-moi, c'est machinal… Vous n'avez pas répondu à ma question.

De nouveau, je suis prise de tremblements.

– Ne me laissez pas toute seule.

– Dormez sans crainte. Vous pouvez compter sur moi.

Il s'allonge sur le dessus-de-lit. Me donne la main. Je m'accroche à lui, comme à une bouée, ultime recours contre mon naufrage, inévitable. J'aurais dû lâcher prise, ça aurait été plus sage. Pendant des années, nous nous sommes endormis de cette façon avec Nathan. Un rituel immuable qui ne semblait jamais devoir s'arrêter.

Ça n'aurait pas dû se passer comme ça. Je m'étais réveillée sereine. Alexis n'était plus là. J'ai mis du temps à déchiffrer le mot qu'il m'avait laissé sur l'oreiller. Il disait qu'il avait un rendez-vous ce matin, mais qu'il viendrait en début d'après-midi prendre de mes nouvelles. Un peu plus tard, on m'a livré des fleurs. Des violettes et des frésias. J'ai réglé la note de l'hôtel, réussi à boucler mes bagages. Je devais aller chez le cordonnier dans la vieille ville. J'ai acheté des caramels pour Nathan. J'avais prévu de lui raconter ce que j'avais fait, comment je m'étais une nouvelle fois fourvoyée. J'aurais dû l'écouter, il a toujours raison. Nathan est un homme sage, un homme bon. Je savais qu'il comprendrait, qu'il ne m'en voudrait pas, qu'il serait fier de moi en un sens, puisque je n'avais pas failli, que j'avais pris sur moi, gagné ma lutte intestine, ma guerre de tranchées. J'ai marché jusqu'à la mer, je voulais lui dire adieu à elle aussi.

Elles n'auraient pas dû être là, ça n'aurait pas dû se passer comme ça. J'ai fait mine de ne pas les voir, mais Émilie m'a fait de grands signes, puis a crié mon nom. C'est la vérité. Je le jure. Ce n'est pas ce qui était prévu. Ça n'aurait pas dû se passer comme ça, elle n'aurait pas dû me proposer de faire quelques pas. Elle semblait si heureuse de cette rencontre, de ce hasard.

Nous avons emprunté la voie romaine qui mène au Grand-Bé. Roches brunes, anthracite, gris taupe, certaines polies par le temps et les vagues, avec des formes presque arrondies. D'autres, au contraire, tranchantes comme du verre coupé. Sentier bordé de cinéraires, de giroflées sauvages, de lauriers. Ronces et lierres grimpant sur la pierre. Herbes recourbées et asséchées par le vent. J'étais venue ici avec Nathan la deuxième fois. On avait beaucoup ri. De quoi ? Je ne sais plus. Nous riions beaucoup, nous amusions d'un rien.

Nous sommes arrivées devant la tombe de Chateaubriand surplombant le large parsemé de voiles blanches. Dalle austère, nue, de granit et de galets, surmontée d'une croix. Émilie a lu à voix haute l'inscription gravée sur la plaque de bronze scellée sur le muret. « Un grand écrivain français a voulu reposer ici pour n'entendre que la mer et le vent. Passant, respecte sa dernière volonté. »

Nous nous sommes abritées du vent, installées dans le cœur de l'île. Émilie a étalé un paréo jaune sur la lande. Sorti un paquet de gâteaux et une chenille en peluche pour Léa. Je n'avais pas faim, je ne pouvais rien avaler. Nous n'avons pas beaucoup parlé, chacune plongée dans ses pensées, profitant des rayons du soleil et du silence. De Léa. Elle n'arrêtait pas de babiller, de gonfler ses joues comme un poisson, de faire le clown. Un ferry, gigantesque, bleu et blanc, est passé derrière la jetée, masquant la cité d'Alet et son camping. Léa a ouvert des yeux ronds, des billes bleues, en le découvrant, impressionnée.

Le portable d'Émilie a sonné, elle s'est déplacée pour essayer de trouver le signal, est repartie près de la croix sans s'occuper de moi. Au bout d'un moment, j'ai pris Léa sur mes genoux. Je lui ai chanté « Bateau sur l'eau », puis lui ai fait faire l'avion en la portant à bout de bras. Mon amour a ri aux éclats. Le temps me jouait des tours décidément. Il y a longtemps, presque une autre vie, nous étions dans un jardin en fleurs, et je te donnais le sein. Tu m'aimais, ça ne faisait aucun doute.

Nous sommes seules au monde. Ton visage au-dessus de moi, et ce large sourire et ces yeux qui pétillent et cette voix de bébé qui me demande « Encore ». Au-dessus de toi, le ciel est bleu électrique. Le vent chasse à toute vitesse les nuages gorgés de pluie. C'est trop de bonheur, mon cœur est sur le point d'exploser, gonflé à bloc. J'ai de la musique plein la tête, des trompettes, du trombone, du cor de chasse et peut-être bien de la cornemuse.

– On va rentrer à la maison, ma puce, tu vas prendre froid.

Je me lève et je pars, mon trésor dans les bras. Mon amour mon bébé ma fille, je ne peux être séparée de toi. Je suis ta maman, la première. Mes jambes m'entraînent, me poussent hors de l'île. Mon cœur a migré dans mes tempes. Je vole presque. Les ronces m'écorchent les jambes. Ça te fait rire, cette course folle, tu as confiance en moi.

– Ne bouge pas !

C'est Émilie qui rugit dans le vent, c'est un hurlement de hyène, et la petite se met à pleurer, elle a pris peur, il ne faut pas crier comme ça, cela effraie les enfants. Je n'ai pas besoin de me retourner pour savoir qu'elle avance plus vite que moi, je sens les vibrations dans le sol, je tangue.

Au bout, c'est le vide, et la mer tout autour. Les eaux sont montées sans crier gare, elles nous encerclent. La voie romaine sera bientôt recouverte. Je ne sais plus où je suis, où aller. Devant moi, juste le précipice, abrupt.

Un matin où le miel devient feu / devient sable / où tout se brouille.

Émilie avance vers moi, pourquoi fait-elle ça ? Elle me crie de ne pas sauter. Elle s'approche, et je fais encore quelques pas en arrière. Je suis prise au piège. Elle raconte n'importe quoi, elle affabule. Je ne l'entends pas, mes oreilles sifflent si fort. Elle s'approche encore et je ne peux plus reculer sinon nous allons tomber. Elle dit que je pourrai venir la voir quand je veux. Elle le promet, sur la tête de Léa, il ne faut pas jouer avec ça.

Elle enlève une à une mes phalanges collées sur le ventre de mon enfant, extirpe mon bébé de mes bras. Je suis pétrifiée, je la laisse faire, des larmes chaudes coulent sur mes joues, mon cœur se brise. C'est la meilleure solution, la seule. Elle l'emporte, ma toute petite qu'elle m'enlève pour la deuxième fois. Sans un regard, une parole. Un peu plus loin, il y a un escalier creusé dans la roche, je ne l'avais pas vu.

Je ne suis plus affolée, mon cœur vidé ne bat plus, ou si lentement. Les oiseaux crient comme des vautours. Le vent redouble, le ciel est noir. Un orage se prépare. Il va pleuvoir ou la Terre va s'arrêter, le soleil s'éteindre. Elle embrasse le front de mon enfant. Un pas de plus, et je bascule en arrière, la tête la première. Tout tourne autour de moi, les oiseaux, les bateaux et la mer de tous côtés.

COMPOSITION : NORD COMPO À VILLENEUVE-D'ASCQ

Cet ouvrage a été imprimé en France par
CPI Bussière
à Saint-Amand-Montrond (Cher)
en mars 2009.
N° d'édition : 99544. - N° d'impression : 90384.
Dépôt légal : avril 2009.